大城记 I

北京60年城市生活史

1949～1968

新京报社 编

中国建筑工业出版社

目　录 Content

井言　六十年，北京人在北京 6
⊙逐年递增的城市密码/8　⊙从未脱节的时间链条/10　⊙恢复旧事的新闻现场/12

漂移和绵延/14　尺度与通达/20

1949　中南海 27
⊙脱胎换骨 中南海的卫生大扫除/28　⊙醇亲王府内最后的小贵族/32　⊙我拍入城仪式用了十多卷胶卷/33

1950　龙须沟 35
⊙龙须漫溮 人曾为鱼鳖/36　⊙第一次进北京照相馆/40　⊙拆崇文门瓮城不是拆城史开端/41

1951　什刹海人民游泳场 43
⊙跃跃欲试"大江大河"/44　⊙进西单百货工作一辈子忘不了/48　⊙战友替我死在慰问舞台上/49

1952　东四人民市场 51
⊙"庙市"货郎开启自由市场/52　⊙新北大的第一份地图/56　⊙殷维臣和京郊第一个合作社/57

1953　牌楼拆迁令 59
⊙牌楼将倾"梁氏戗柱"独木难支/60　⊙10块钱买了人家的订婚手表/64　⊙人民最多的天桥 修了人民剧场/65

1954　北京国棉一厂 67
⊙国庆游行中首次出现纺织女工身影/68　⊙北京首发布票 分冷暖季供应/72　⊙青年突击队"突击"苏联展览馆/73

1955 北京体育馆 75
⊙首座综合场馆打响体育头炮/76　⊙婚礼签名绸缎灿如往昔/80　⊙全国首批垦荒队员追忆燃情岁月/81

1956 沪企进京 83
⊙南工北调沪企"软化"首都服务业/84　⊙1956年中国人读美国诗歌/88　⊙敲盆打鼓 有很多麻雀碰壁/89

1957 北京青年农场 91
⊙下乡，做第一代有文化的农民/92　⊙宽银幕影院风靡全国/97　⊙周总理指示给古建装避雷针/98

1958 十三陵水库 99
⊙她们的十三陵水库/100　⊙体育大跃进和劳卫制/104　⊙细红线贯穿田埂和文学史/105

1959 外交公寓 107
⊙建国门外下新中国外交之榻/108　⊙1959年——我在观礼台/112　⊙《中国》里的针灸剖腹产源自妇产医院/113

1960 红星人民公社 115
⊙"一夜之间就公社化了"/116　⊙中国登山队单独成功登上珠峰/120　⊙在十三陵农村"教学改革"/121

1961 第一批文保名单 123
⊙5000年古国的第一份文保名单/124　⊙昔我往矣杨柳依依/128　⊙用冠军回馈吃槐花的人们/129

1962 东方歌舞团 ... 131
⊙"东方歌舞一枝花,决心学好亚非拉"/132
⊙缝缝补补又三年/136　⊙第一届百花奖引发全民热议/137

1963 暴雨 ... 139
⊙昼夜暴雨冲出京城排水标准/140　⊙东方舞传递柬中友谊/144　⊙"节约一根火柴"运动/145

1964 东方红 ... 147
⊙歌舞叙事 一则新中国史诗的样板/148　⊙窗户改书橱 花瓶变台灯/152　⊙"去大江大海中锻炼"/153

1965 地铁一期工程 ... 155
⊙开掘首都地下掩体之最/156　⊙"我爸爸是做保密工作的!"/160　⊙与"诺奖"失之交臂/161

1966 太平湖 ... 163
⊙1966年老舍与太平湖之谜/164　⊙在天安门前留影次年收到/168　⊙我所经历的国子监现场/169

1967 东方红炼油厂 ... 171
⊙北京第一桶油/172　⊙道路、公园的重新命名/176　⊙首都知青到内蒙古接受"再教育"/177

1968 首都体育馆 ... 179
⊙沸腾的年代 人造的冰场/180　⊙作为政治任务看的样板戏/184　⊙《全国山河一片红》不是我的代表作/185

后记 ... 187

北京1949～2009 大型城记 大城记事

弁言
六十年，北京人在北京

　　《大城记》即将讲述的是北京从旧到新的故事，它要弘扬的是北京的城市精神和城市经验。因为说的是过去的事，所以《大城记》会时刻提醒自己不要沉迷于对已逝的人和事的悲情当中；因为指向的是现在，《大城记》不会赘述城市的文化底蕴及其诗性审美。我们要做的是集中精力讲述几代北京人在北京的故事，这里即将呈现的是历史在一座城市内的行进状态，包括空间演变，包括物质生产，包括民风递嬗和个人奋争——紧张而又粗粝，庞杂而又恢宏……

1 选题 | 3860 逐年递增的城市密码

60年前，中华人民共和国诞生了，北京从过去的封建帝都，成为新中国的首善之区。60年来，这座有3000多年建城史和800多年建都史的古老都市，在当代居住者胼手胝足的努力下，经济和社会发展实现了辉煌的跨越——"时间开始了！"

按照联合国粮农组织提出的恩格尔系数的标准衡量（59%以上为绝对贫困……30%以下为最富裕），北京市1978年的恩格尔系数为59.7%，2008年降至33.8%。北京人均GDP在1975年是1086元，2008年已跃升到63029元。这还仅仅是改革开放三十年来的经济建设和社会事业的成果，时间再往前推，北京经历了3000年建城历史上前所未有的巨变。

作为中国古都，这个城市在60年间已经完成了从单一的政治中心向文化中心和国际交往中心的多重身份转变。就城市功能而言，在新中国成立后，北京在全国的城市列表乃至世界都市谱系中，都以其沉郁顿挫、丰厚的历史文脉和极具视觉识别的地理形态而独树一帜。

时值中华人民共和国成立60周年，《新京报》《北京地理》借此良机推出66期系列报道《大城记》，旨在为新中国的60周年庆典奉献一份新北京的城市全记录。

北京从幽燕辽金元明清一路走来，相对于更悠久的城市历史，当代北京的历史叙述是正在沉淀的历史，故事是还没有从现实生活中完全冷却下来的故事，情绪则杂糅了感伤、狂喜和平静。事件虽然已经过去，但社会影响还在，这使得我们的报道不会满足于档案式的罗列，而是关注当下的历史记录和地理追踪。

1~3期和64~66期是该报道的前言和后记，正文的60期报道将按照历时性的顺序，对每一年度发生的一件城市社会生活大事加以现场还原式的报道。《大城记》将用一系列被自然时间分隔开的历史文化单元，再现北京文化与传统，把特定时段和城区范围内的一些人文景观、历史事件以及人物串联起来。

还有一个数字不得不提，《北京地理》已经完成逾800期报道，而《大城记》的采写是对常规"北京地理"制作模式的一次改观。封闭式的故事化叙述已经成为方兴未艾的地理类报道的模式，它构成了大众传媒的专制逻辑。我们希望排除掉做作的分类方式、人为的多层性和复杂性，只留下线型的因果模式，我们希望通过清晰而专注的采编手法制作出酣畅淋漓的阅读。

60年，60个章节，请您与我们一道在对大城大事的记述中为这座不朽的城市祝福。

2 逻辑　甲子 ｜从未脱节的时间链条

近年来，媒体对北京的历史地理类报道层出不穷，这是对城市身份认定的话语实践。但由于对老北京充满着隐秘的乡愁，由于缺乏对社会人文主题的深度开采，大多数报道只能算是元明清史以及中华民国史的注脚。

此类报道的直接后果，就是导致人们对60年来的当代史所知寥寥，对新中国成立后的重大事件已有大段的失忆，众多对城市发展有过业绩的历史人物正淡出人们的视野。这对于城市的集体记忆、对于城市居民的人格健全以及对于精神文明建设，是亟待弥补的缺失。

自古有当代人不修当代史的历史叙事传统，这个传统的涵义是多重的，但是被人们反复强调的一点，就是这样的历史书写难以保证其客观和公正。

很多人更多地是从负面意义理解"一切历史都是当代史"这句克罗齐的警句，以为历史都是后来者按照现实需要或即时理解来构筑的，继而悲观地认为历史无法完成对已逝过程的还原。

当代人记叙历史，虽然难免立场和见地，但是也有后来人记录不可比拟的优势。那些历史亲历者对文献档案缺失记载的史实记忆，对历史场景、历史氛围的细腻描述，是后来人很难"爬梳"出来的。

当代人写当代史，史料资源有其特殊的动态性和开放性优势，这是一个无限的变量，处在不断涌现、不断补充、不断丰富完善的过程中，如重大历史事件、重大历史现象的亲历者和当事人的活生生的口述史料，大量的历史档案和历史文献的"原生态性"，这是后代修前代史所无法比拟的。

在中国文化传统中，历史书写是国家文治的重要方面，历来有盛世修史一说。盛世修史既是时代需要，也表明了开明的社会条件。在全球化的语境中，盛世不再是万国来朝的自大，而是意味着国家进入一个新的发展时期。盛世也意味着国家安定、政治开明、社会具有宽容的雅量，可以从容地看待过去。感谢这个伟大的时代，让媒体人可以与专家、读者一起追述北京在城建、城市功能转换上的巨大成就和些许不足。

北京是文明史没有断流、同时历史记录也没有"丢转儿"的城市。对60年北京加以记录，不但可以发现城市品质的合法化（文化连续性），也会凸显北京在国际上的存在感（文化上的特殊性），凝聚力将因此得以加强，认同感将得以重新塑造。

格式

3 NEWS | 恢复旧事的新闻现场

报道：
N——NARRATION 主文 追述地理事件
E——EVENTS 纪事 辑录年度得失
W——WITNESS 见证人 寻访在场人物
S——SPEAKERS 60年·60人 记载市民悲欢

  每一代人都有自己薪火传递的文化使命。与自然时间的侵蚀相比，更遗憾的是人为的健忘。北京的历史和地理资源异常丰富，钩沉索隐留下资料给后人，让有缘在同一个城市居住过的人能够重温旧梦、核对记忆，这是《大城记》的目标所在。

  一个城市演变成了现在的样子，都有着生活的、地方的、社会的、风土的、宇宙观上的原因。许多重要的人、事都潜伏在时间的流变之中，事件只剩下刹那间的存在，人成了表象性的档案符号，它们正静静地呆在60年的某处，好比若干颗遗珠，等待着探寻者、打捞者和估价者。这60年的变迁已经成为城市记忆的一部分，具有恒久的言说价值。

  一个国际都市的崛起，全方位瓦解了传统认同资源的结构性存在，也制造出当代人在认同资源上的结构性匮乏，而这样的亏缺正需要一部拒绝速朽的系列报道加以填补。在《大城记》的"主文"当中,我们会尽力克制"宏大题材"对采编的左右,克服在资料选择上的价值判断。为了避免主文记述的"地理大事"的孤立,"纪事"栏目将通过对其他年度大事的罗列来展示事件发生的时代气候。不计艰辛地访史,不弃涓滴地存史,不辞琐碎地证史,《大城记》将为读者奉上值得阅读和收藏的"北京城市生活编年史"。

对北京当代生活的记忆和反思,应是全体居住者的责任。对于经历过这段历史的人,无论是文化要人还是平民百姓,都有平等的言说权利。他们关于个人经历的回忆,都具有历史切片的意义,他们从不同侧面折射了全方位的社会进步,提供了社会史、口述史和精神史的丰富资源。为了避免大众传媒环境中有意无意的历史精英文化表达,我们在报道中设定了"见证人"和"60年·60人"这两个栏目。

年轮·存照

图中

左一:柳思宇,生于1999年,崇文小学四年级,从考场赶到拍摄现场。

左二:马琳,生于1979年,准妈妈。

左三上:蔡学萍,生于1959年,就职于国家图书馆,**左三下:**陈星宇,生于2009年,拍摄过程中吐奶一次。

左四:马蕙,生于1989年,青年政治学院大二学生。

左五:车国安,生于1949年,在北京交通宣传教育中心任职。

右一:余伟民,生于1969年,鼓手,曾参与《我不能悲伤地坐在你身旁》等专辑录制。

北京·中轴线

漂移和绵延

》中轴线评述

● 漂移：中轴线偏离子午线2度有余

● 绵延：南苑←永定门　鼓楼→奥林匹克公园

金色的城市纵轴

匠人营国，方九里，旁三门，国中九经九纬，经涂九轨，左祖右社，面朝后市。——《周礼·考工记》

公元1264年，元世祖忽必烈最终决定遗弃金中都，在其东北方向择址，开始营建元朝国都，这就是元大都。当年，最为坚执地萦绕在规划师们头脑中的便是《周礼·考工记》中的这段记述，而在所划定的区域范围之内，元大都中部以南，什刹海和北海这两处彼此相连的天然辽阔水面也为他们提供了最为便利的地理参照。最终的结果是，在这一带圆弧状湖泊的东岸，设计师们画出了一条南北与之相切的直线，切点即在今天的后门桥。

在此基础之上，明清两代的北京北缩南延，将永定门、正阳门、天安门、紫禁城、景山、地安门、鼓楼、钟楼等象征帝都的宏大建筑汇于一线，至此，一个前以永定门外的燕墩作为先导，后以钟楼"恰到好处"地作为收束，以金、红二色为主调的北京南北中轴线已经巍然成形。"人法地，地法天，天法道，道法自然"，儒、道二脉第一次直观无间地兼容于中国都城的营造之中。直至新中国成立后不久的1951年，被委以规划设计新首都重任的建筑师梁思成仍然以如此明确的方式表达了对于先辈们的致敬："这样有气魄的建筑总布局，世界上没有第二个！"

其后，经过了城墙、城门的拆除和长安街这一新的东西中轴线的贯通和不断延展，直到多年以后，梁思成个人对于历史的敬礼才终于开始化成对这个城市的共识。那是在1990年亚运会召开前夕，随着中轴路（鼓楼外大街）的凿通，北京传统的南北中轴线第一次越过旧城边界，开始向北延伸，奥体中心和中华民族园这两个最醒目的亚运工程便矗立在这一线的北部端点。然后，循此思路，"鸟巢"和"水立方"继续将这一线向北拉伸，永定门在被拆除多年之后也在一片争议之中得到了复建。这种共识最终化为2005年经国务院批准的"两轴—两带—多中心"的北京总体规划格局，长安街和传统的南北中轴线分别被赋予了传承当代北京发展脉络和印证北京800年建都史的文化和地理预期。

其实，早在奥运会刚刚开始筹备的2002年，这个城市即已正式对这条传统的南北中轴线进行了重新规划设计。新中国成立后一度漂移的历史在这个方案中被再度确认，从钟鼓楼到永定门，曾经缺失模糊的历史节点一个个被还原重塑——复建永定门、改造前门大街、敞开地安门红墙……直到在传统中轴线极北点，钟楼的外侧，建成北二环城市公园，在正中位置安置了一座凿定方位的罗盘。

以已经建成的奥林匹克公园，特别是端坐于东西两端的"鸟巢"和"水立方"为坐标，这条中轴线北段已经开始显现出自己的国际定位和这个城市在当下的风采，以致著名地理学家侯仁之先生早就把这认定为北京城市规划建设的三个重要里程碑之一（另外两个分别是紫禁城的营建和天安门广场的改造，均在中轴线之上）。

在永定门以南，直到南苑地区，这个被认为是北京"未来的希望"的路段也正在清晰起来。按照规划，这里被设想为中轴线的国内区，重点塑造"北京南大门"的形象，轴线两侧以居住地为主，形成木樨园、大红门两个商业中心，部分行政办公设施与驻京办将陆续迁驻；在其南端，规划中的湿地公园，将与北端的奥林匹克公园遥相呼应。更重要的是，这里将为北京未来的发展预留出更多的功能。

将城市轮廓线"化入山水之中"一直是北京这个城市的伟大梦想，随着南北中轴线的不断延伸，及两端山形水系的清晰显现，两端公园中的湖水将如两条水龙，与旧城内的水龙——位于旧城中轴线右侧的六海（南海、中海、北海、前海、后海、西海）遥相呼应，在中轴线两侧左右舞动，并使得传统山水步入现代，通向未来。

这片被有关专家设想为"历史精华"的区域在与后发区域相接之处均有截然的分界，但其实也只是一种自然的过渡，设想中不断向南北延伸的这条直线不但承载了这座城市的历史,也饱含着她对未来的预期;换句话说,伴随这条直线的延展,这座城市也被期望一步步实现面向未来的不断跨越。

中轴线切片Q&A

1. 计划怎么度过今年的国庆节?
2. 给你印象最深的国庆节是?
3. 知不知道你目前所在的位置正在北京的南北中轴线上?(或者:谈谈你对北京中轴线的认识)

赵菁,女,28岁,北京人
广告从业人员
拍摄地点:元大都遗址公园
拍摄时间:2009年4月25日9:50

1.去天安门看花坛、阅兵式,然后出去旅游,目的地还没想好。

2.1994年上初中时,我们学校师生去天安门广场参加了建国45周年集体舞表演。从那年暑假起就开始练习,一直到"十一"那天零点,还在彩排。

3.1990年亚运会召开之前,这里建成了熊猫环岛,从那时起我就意识到中轴线已经延伸过来。

王振,男,25岁,河南周口人
北京交通大学在读研究生
拍摄地点:奥林匹克公园
拍摄时间:2009年4月25日9:20

1.我家在河南农村,在有生之年来北京看看一直是父母最大的梦想,所以我准备陪他们来北京逛逛。今年是新中国成立60周年大庆,机会难得,一定陪他们到天安门观看阅兵式,然后去看看长城。

2.1999年50周年大庆时,我正上初三。学校在一片野地里,前不着村,后不着店,学校里也没有电视,当天我就和本班几位同学步行三四里地,跑到县城,在一家小饭馆中观看了阅兵式,震撼!

3.在你们告诉我之前,我并不知道这里就在北京的中轴线上,现在想想,鸟巢和水立方当然会建在北京最有说头的位置上。

刘越，男，75岁，原籍东北
中国戏曲学院音乐系教授
拍摄地点：钟鼓楼广场
拍摄时间：2009年4月25日10:30

1. 我是从旧社会走过来的老艺人，1955年来北京，是新中国成立后培养起来的第一代教员。今年一月份我刚出了一本专著，现在手头还有一本正在进行中，我觉得把课教好，把身体锻炼好，就是我对国家最大的回报。

2. 1959年10周年大庆时，我们应邀到人民大会堂演出《雁荡山》。那时，人民大会堂刚刚建好不久。

排练的时候，从舞台边起，很多次都翻不到舞台中间去，导演说大家得按百米的速度跑才行。第一次见到像广场那么大的一个舞台，大家都非常惊奇。现在我们又有了国家大剧院，在我看来，这是北京，也是全国最有分量的两个舞台。

3. 听说北京的中轴线有龙头（永定门）龙尾（钟鼓楼）一说，之所以把钟鼓楼建得这么高，据说就有让龙尾翘起来的意思。

另外，大家都知道的是，中轴线两旁的历史风貌也曾经屡屡遭到破坏，现在想恢复已经不可能了，我说这话的意思是，我们以后办事一定要有前瞻性，不要再等到事后，无法弥补。

肖威，男，29岁，北京人
摄影爱好者
拍摄地点：地安门
拍摄时间：2009年4月25日12:00

1. 暂时还没有计划。

2. 2005年国庆那天去中山音乐堂听了场爵士乐大师的钢琴演奏会，然后到天安门广场看花坛，拍了许多照片。

3. 小时候我妈妈在黄寺附近工作，姥姥家住在北三环，所以经常沿这一路走过。亚运会召开之前，从北二环到北三环建成了中轴路，黄寺总政大院一下子就被劈成了两半，从这时起便开始清楚地意识到北京的中轴线。地安门这里也经常路过，原来路两边都有很多简易房，后来马路拓宽，拆除简易房，露出了被遮掩的红墙，前面的景山和后面的鼓楼都已经历历在目。

丁倩，女，18岁
天津某中学新疆班学生
拍摄地点：景山公园
拍摄时间：2009年4月25日12：30

1."十一"期间可能没时间来北京，很有可能在学校休息，但一定会和同学一起通过电视看广场阅兵式，这将是自己一生中难得的记忆之一。

2.以往的"十一"过得都很平淡，放假几天一般都是在家里玩，看看电视，偶尔也会和同学出去逛逛街，看看景点。

3.从电视上知道的中轴线这个词，好像是北京的中心，两边有北京最为著名的一批建筑。我的志向是当一名记者或者主持人，希望以后能来这里工作。

张黎明，男，31岁，河北人，
自由职业者
拍摄地点：永定门广场
拍摄时间：2009年4月25日16：05

1.看电视、旅游或者找朋友聚会、喝酒？到时候再说吧。

2.1999年看国庆大阅兵电视直播。

3.原来不知道，永定门城楼修好后知道了，这里就是北京中轴线的起点，最北端还有新建的鸟巢和水立方。

马晓佳，女，23岁，河北人，
游客
拍摄地点：前门
拍摄时间：2009年4月25日13：55

1.先在北京看完阅兵式，然后回家陪父母。

2.1999年，在电视上全程观看了国庆大阅兵直播，感觉特别壮观、震撼，所以对于今年的阅兵也非常期待。

3.听说过中轴线，只知道它贯穿北京，但没有整体概念，也不知道前门和中轴线的关系。

吕迎旭，女，32岁，河南人
媒体从业者
拍摄地点：天桥广场
拍摄时间：2009年4月25日15:30

1.还不知道，但愿能够结婚。

2.1998年，和几位同学一起准备考研，大家总在说，如果考上了就可以到北京看50年大庆了，这成了大家考研的动力之一。但第二年我来到北京后，怕"十一"那天天安门人太多，于是和几位老同学一起去了潭柘寺。

3.一根可以把北京折叠起来的线，从南到北可以遇到形形色色的人。我的工作单位和居住地点虽然距离较远，但都在中轴线附近，每天顺着这条路走，跟它已经有了默契和感情。当然，这并不意味着我对中轴线有清楚的认识，我原来一直以为中轴线就应该在天坛的中线上，向北经过天安门，然后通向地坛。直到现在，我仍然觉得，天坛、天安门、地坛应该在一条直线上，就像转向一样，不太容易扭过这个弯来。

陈毅，男，24岁，山西人
IT公司职员
拍摄地点：天安门
拍摄时间：2009年4月25日13:25

1.留在北京，和同学、朋友看国庆阅兵。

2.2007年大学最后一年国庆节，全班同学最后一次集体出游，去秦皇岛野生动物园，工作以后，大家很难有机会再聚齐了。

3.只是听说过中轴线这个词，但不知道具体所指，也不知道方向，如果让我猜的话，我恐怕会说是长安街。城市有了中轴线才真像一个大城！无论如何，天安门肯定在中轴线上。

北京·长安街

》长安街评述

尺度与通达

● 尺度：承载秩序、规制、章法约束
● 通达：首钢东门 西单 天安门 东单 通州

一日看尽"长安花"

外地刚来北京的小妮子天不怕地不怕，在长安街的核心地带一伸手，就想拦出租车，旁边的交通协管员一口京片子上来："你们胆儿也忒大了，长安街上也敢拦车！"小妮子们面面相觑，看着一辆辆车排着队乖乖开过去，窘迫地沿着东西轴线走了一里地也找不到"TAXI"标志的打车点。

这就是长安街，它有"压倒一切"的威严。小妮打车的地方，已经没有当时长安左、右门的半点痕迹，尽管这两座门让这条街得名。而从长安左右门在公元1420年（明永乐十八年）建起时，这条当时命名"天街"的街，就是一个承载无数秩序、规制、章法约束的地方。百官上朝都要在此下马下轿，拴马于北小栓胡同，再步行入长安门。新科状元"一日看尽长安花"时，是惟一被允许在长安街上骑马的荣耀时刻。

有规章就有遵守的道德，更有逾制的流变。无论是明朝将北城墙南移5公里，还是辛亥革命后1912年拆除长安左门和右门边的红墙，再到1954年的拆牌楼拆双塔寺，建立人民英雄纪念碑，以及新中国成立后全国被规划次数最多，多次拓宽、延长，不时想冒尖一下的北京饭店、东方新天地等"逾制"建筑，甚至国家大剧院的"异质"介入，1988年1月1日，"祖国心脏的心脏"天安门城楼对普通民众开放，直到2000年的长安街被扩展到西至首钢东门，东至通州区运河广场，46公里，无论是传统文化的失守悲情，还是抹掉一切旧痕的变革豪迈，或者商业逻辑带来的强烈冲击和柔软剂作用，或是人本思想，这条街将不断的修改、拓展全盘接纳下来。

　　长安街上有敲定这些拥有巨大建筑尺度的建设方案的最高行政机关所在，滚滚的车流和人群使得它并不起眼。有意思的是，真正能明白说清楚新中国成立后长安街的起始两端变迁的，绝大多数是老北京，那是他们很少路过甚少停留的地方，但对于拥挤在金水桥前拍照的绝大多数中国人来说，长安街究竟有多长，起始两端在哪并不重要，重要的是，他们心中真正的北京，其实就是长安街核心区域内的北京，有什么比小学课本上的第一页彩图所指的地方、比国徽上画的地方更有吸引力的呢？

Q&A 1. 记忆中最深刻的一次国庆场景是怎么样的？
2. 请描述你对长安街的印象或见闻。
3. 今年你的"十一"有什么计划吗？

谭绍山，83岁，山东人，
北京建筑设计研究院工程师
拍摄地点：公主坟和硕公主雕像前
拍摄时间：2009年4月26日11:30

　　1949年开国大典我参加过，那时还是学生，早晨4点就到长安街上准备，那时长安街一个半小时就能走完，参加阅兵仪式的群众有50万人，毛主席是乘天安门后的升降梯上城楼的，个子特别高，特别魁梧，仪式都结束了，群众还不肯散去，特别激动。

　　我是搞建筑的，长安街上我印象深刻的是新中国成立10周年建的10大建筑，人民大会堂、毛主席纪念堂我参加了建设……现在，我最喜欢故宫旁的国家大剧院。

　　我现在总骑车去天安门、东单、平安大街转转，一段时间不去，就变了。今年60周年国庆，我想看看长安街又有了什么新变化。

陈楚，30岁，浙江杭州人，
媒体从业者
拍摄地点：军事博物馆
拍摄时间：2009年4月26日12：10

我2002年来北京时，下火车后打的"黑车"，五个人挤在小车里，我特地要求司机转到长安街上看看天安门，天安门应该是每个外地人来北京最想去的地方吧，那是全中国人民的心理地标。路过天安门时，车外"乌央乌央"都是人，我在心里喊了一嗓子：我来了，北京！有这种想法的人也很多吧？

现在我的生活在长安街延长线上，我们从来接近不了核心，今年"十一"时我会邀朋友一起看阅兵。

张戈，24岁，北京人，
赛特购物中心导购
拍摄地点：复兴门外大街
拍摄时间：2009年4月26日14：00

我小时候就在复兴门上学，建国50周年大庆时，我在西城电子与电器职高读书，4月接到参加国庆庆典仪式的任务，负责翻花，整个暑假都在练，有三次是暑假的晚上11点后长安街实行交通管制，在长安街上一直练到凌晨三四点。四个学校一个方阵，当时贪玩，有一次排练时和同学聊天出纰漏，本来是要拼成红底黄字的"国庆"两字，结果我翻错了……以后就再不敢聊天了，那可就是政治错误。

国庆那天我们早上8点多就在天安门前列好方阵了，一直到中午，整条长安街上都是彩车，我们在底下翻花，只能牢牢盯着灯，什么也没看到，后来还发了一张证书纪念，很光荣。

我觉得长安街就是北京的门面，它是中国最长、最宽的一条路吧？设施条件也应该是最好的，我从小到大看着长安街上的车站牌从单一的铁牌子到现在有夜明设备的站牌。

晃晃，25岁，江西人，自由撰稿人
拍摄地点：西单电报大楼前
拍摄时间：2009年4月26日14:40

我听同事说，他大姨以前在电报大楼工作，20世纪80年代，她有同事每天早上9点从电报大楼上的大钟后面穿过，走到大钟的时针指针上做广播体操。至于怎么不会被分钟指针蹭下来，那个隐形门在哪，他为啥一定要站到时针指针上做早操，我们都不知道原因。但这是一件真实的事情。（正说着，电报大楼时针指向下午3点，长安街上隐约传出东方红的旋律）

张启新，25岁，黑龙江人，图书编辑
王 敏，22岁，海南人，公司职员
拍摄地点：天安门
拍摄时间：2009年4月26日17:00

长安街是全国最肃穆、典雅、大气的一条街吧。刚到北京时，亲戚开车带我从西开到东，在长安街上奔驰。当时和第一次看海一样感动，眼眶会湿。之后每次路过都会特地来看一下天安门广场。大学第一年的10月1日，我很早来到天安门广场看升国旗，跟着人群走到人民大会堂，完全浸染在庄严的气氛里。今年"十一"我还要看阅兵。（张启新，图左）

我坐728从学校去西单，路过天安门、长安街，有时看到降旗，每次都觉得特别庄严。在北京生活了七八年后，在外地看到电视上有长安街的画面都特别亲切、自豪。

去年5·12汶川地震后，哀悼日那天，我带着公司的歌手去西边的录音棚录赈灾歌曲，拿着DV拍他时，在车上路过长安街，正好是汽笛长鸣、国旗半降、每个人都肃立低头时，全国人民默哀的场景一下就震撼了我。今年"十一"我只想休息不想工作。（王敏，图右）

刘煜（20岁）、尹婷婷（19岁），
北京人，在校大学生
拍摄地点：东方新天地
拍摄时间：2009年4月26日15:15

　　我是一个军事迷，收集了我国所有国庆阅兵的视频。长安街是政治、商业相结合的一条街，我们家住通州，上学时坐车老是要路过国贸，对那两侧建筑特别熟悉。（刘煜，图右）

　　我参加过1999年的国庆庆典仪式选拔，没选上，当时我才小学四年级。我对长安街的印象深刻的是有一天晚上在华懋中心附近遛弯，遛到10点多钟，迷失了方向。

　　"十一"前，我们会参加群众方阵选拔，选拔不上就在家看阅兵式。（尹婷婷，图左）

杨宏伟，31岁，沈阳人，
沈阳发电厂工程师
拍摄地点：北京站前街与长安街的交界口
拍摄时间：2009年4月26日10:58

　　我以前来过北京很多次，今天刚下火车，朋友让我在长安街上等他，我才知道这条街是长安街，路牌上不是标着"建国门内大街"吗？我去过东京、汉城等城市，长安街与这些首都城市相比，城市建设不是很出众，只是多了一些特有的中西合璧式的大屋顶房子。我想像中的长安街也就五六公里。事实上不止这么长吧？

　　我对长安街印象特别深的就是国庆阅兵，在电视里看起来也特别有气势。但今年"十一"我应该去会度假，不会专门来北京看国庆阅兵。

丁枝，50岁，北京人，
古观象台讲解员
拍摄地点：建国门古观象台
拍摄时间：2009年4月26日10：00

古观象台是明、清两代的观象台，从1442年到1929年进行持续的天文观测，建在明代14米高的城墙上，当时是据高点。南怀仁等传教士都在古观象台工作过，这些青铜观象仪器，是长安街上中外交流的见证。

我1982年调到这里工作时，古观象台周围都是小平房，长安街北面社科院的楼，原来是元代观象台，大羊毛胡同、小羊毛胡同现在都被拆了。现在城墙还是修旧如旧的城墙，周围多了长富宫、凯莱等高楼，高度都挡住了月亮，无法用古仪器观测月亮了。周总理逝世时，人潮从南池子一直涌到军博、八宝山，后来才知道，20世纪70年代修地铁时，原本计划拆掉古观象台，是周总理让地铁绕道施工。

印象深刻的是1984年阅兵，我走在科技口的方阵里，每个方阵都上千人，从西什库出发，走过天安门广场，特高兴，虽然什么都看不见。1990年亚运会开幕式跳集体舞我也参加了。又给衣服又给鞋，挺光荣的。阅兵的时候在观象台上看飞机，特别来劲。

今年8月我就退休了，"十一"我想去新疆玩了。

郭庆，男，41岁，河南人，
建筑队工人
拍摄地点：国贸
拍摄时间：2009年4月26日9：30

我今天刚到北京，从北京站下车以后一路走过来，想找9路车去三元桥。这里是长安街？小时候从课文《十里长街送总理》中知道有长安街，那不是带城门楼子的一条街吗？

1999年，我在家里电视上看了长安街国庆阅兵，印象很深，看了心里特别高兴，自豪，国家富强了。

我们的活儿都是短时工，"十一"我可能换个工地干活，也可能回老家，"十一"时农活忙了。

北京1949～2009大型城记 大城记事

大城记

1949

中南海
Zhongnanhai

关键词：中南海　解放军入城式

中南海——一个从元朝一直沿用到今天的地名……这里是光绪帝被软禁的所在，是八国联军总司令瓦德西在北京占据的鹊巢，是袁世凯的"新华宫"，是张作霖的"帅府"，是北平解放前的华北"剿总"总部。而在它成为新中国的政治中枢之前，关于新政权是否入主旧府邸，曾有过这样一段充满争议的往事——

脱胎换骨
中南海的卫生大扫除

下文内容来源均由下列接受采访的人士提供：

◆白振刚 男，76岁，国务院机关事务管理局原综合司司长。

◆沙里 男，85岁，全国政协原副秘书长，曾任中央统战部第三局局长。

◆何虎生 男，中国人民大学马克思主义学院中共党史系教授、博士生导师，著有《走进中南海》等。

同时，感谢白振刚、孟昭瑞、刘连续先生供图。

▲在新华门前拍照的游客非常自觉，大多不会逗留太长时间，门内写有"为人民服务"的影壁挡住了好奇者的视线。

1949年6月15日，新政治协商会议筹备委员会在刚刚清理、修缮完毕的中南海勤政殿召开了第一次全体会议，开始为新中国的成立进行最后的准备、部署和磋商。

毛主席入住中南海颇多顾虑

据中共党史出版社2008年5月出版的《毛泽东初进中南海》一书（何虎生编著）记录：1949年6月中旬以后，进京后一直居住在香山双清别墅的毛泽东，便开始偶尔在中南海菊香书屋那座挂有"紫云轩"匾额的房间内囫囵睡上一觉。当时负责毛泽东警卫工作的汪东兴曾回忆说，因为嫌中南海的人太多，没法静心思考一些重大问题，所以只要处理完手头工作后时间还不算晚，毛泽东就尽量不留宿中南海，处于香山和中南海两头奔波的不稳定状态。但是，毛泽东不久接到时任北平市市长叶剑英的正式报告，敦促中共中央和他进驻中南海，把这里当作长久的办公地点和居所，毛泽东的第一反应是："我不搬，我不做皇帝……这是原则问题。"

国务院机关事务管理局原综合司司长白振刚在接受本报记者采访时表示，何虎生教授书中的记载是真实的。中南海在以往的很长一段时间内都是皇家禁苑，虽然是否住在这里和走不走封建王朝那套"新桃换旧符"的因循之路，并不存在必然的逻辑联系，但这毕竟是一个全新的国度和一个全新的政府……

政治局会议后"搬就搬吧"

深知叶剑英苦心的周恩来，出于对毛泽东的安全考虑，则在一旁相劝："你还是应该听父母官的。"

是否正式搬进中南海一事，最后被摆到了中共中央政治局会议的桌面上，最后以少数服从多数的形式议决：毛泽东和部分中央直属机关进驻中南海。《毛泽东初进中南海》一书记载，主席获悉这一决议后，对自己的秘书叶子龙说："听人劝，吃饱饭。搬就搬吧。"

另据《毛泽东年谱》记载,1949年9月21日,中国人民政治协商会议开幕前夕,毛泽东正式由香山双清别墅移居菊香书屋,随同他一同进入的还有中共中央办公厅、中央军委和中央宣传部等三大机关。而据白振刚后来对时任中央统战部秘书长、之前曾以中南海办事处处长名义负责中南海接收的周子健的访谈,毛泽东最终"搬进"中南海则是在开国大典之后的10月底或者11月初。

西柏坡发出中南海接管电报

早在入京之前,1949年1月间中央中央政治局在西柏坡召开扩大会议之时,就已经形成了决议,并由周恩来、任弼时、杨尚昆主管迁移工作。

2月3日清晨,在东交民巷原德国饭店内,北平军管会主任叶剑英向从西柏坡赶来的齐燕铭、金城、周子健等人宣布了周恩来的电报:"你们的任务有两条:一是接收中南海,一是接收北京饭店。"

▼ 1949年6月,林伯渠在修葺一新的中南海勤政殿内讲话。

此前两天，沙里等15名华北大学学生在申伯纯等5人的带领下已经先期抵京。2月3日，解放军入城式那天，他们汇入了"入城式"队伍。当经天安门西行至新华门时，申伯纯等一行20人离开队伍，进入新华门，成了首批进入中南海的工作人员。

中南海的"卫生大扫除"

据白振刚和何虎生等人描述，民国以后，中南海曾经先后作为袁世凯总统府、张作霖帅府使用，国民政府和日本占领时期，均曾作为公园对民众开放（局部除外），北平解放前夕，则曾是傅作义的华北"剿总"所在地。由于长期疏于管理，此时的中南海内堆满了垃圾，许多房屋已经年久失修，湖内则是淤泥堆积，湖面上尚未化开的冰块呈现出一片黑紫色。

2月7日，中南海办事处成立，周子健任处长。他曾风趣地将中南海的清理修缮称为"卫生大扫除"。叶剑英联系北平城市卫生局派了100多辆卡车运送垃圾，周子健又组织力量对道路和房屋进行修理、粉刷，并整修出2000多间房屋，至6月底才基本完工。

"整修的重点是准备给中央领导同志居住的颐年堂，准备政协开会、办公的勤政殿、政事堂和开大会用的怀仁堂和瀛台等地。"白振刚说，"同时，出于安全考虑，还进行了扫雷、防火等检查。"

中南海的"软件"更新

白振刚援引周子健的回忆称，1949年刚进中南海时，他们缺少事务管理方面的经验。如何在新环境中更好地为中央决策机构服务，他们曾遇到不少的问题。一次，周子健陪周恩来请上海的民主人士俞寰澄吃饭，用手绢擦筷子时，手绢黑了一大片。周恩来对服务员说："筷子应该擦干净了再摆到桌子上嘛。"以后便制定了有关饭店碗筷桌椅的卫生标准。

1949年7月，中南海的道路和建筑物还正在整修之中，因为没有设置路障标志，李维汉不小心掉进坑道内，摔坏了腿。当时，李维汉是新政协的秘书长，正是筹备工作最为紧张的时候，他住进了医院，秘书长一职只好由林伯渠代理。

纪事·1949

1月16日 中央军委给平津前线司令部发出关于保护北平文化古城的指示电："即使占领北平延长许多时间，也要耐心地这样做。"

1月31日 北平宣告和平解放。

3月16日 北平市军管会文化接管委员会邀请郭沫若等人座谈本市的文物保护工作。

5月1日 东华门—颐和园公共汽车路线开始运营。这是解放后本市恢复的第一条公共汽车路线。

5月22日 北平市都市计划委员会成立，着手进行首都建设规划工作。叶剑英任主任，梁思成等任委员。

6月14日 按院胡同妇女缝纫生产合作社成立。这是北平市供销总社组织的第一个手工业生产合作社。

6月26日 华北人民政府拨款20万元修缮鲁迅先生故居——宫门口西三条21号。10月19日正式开放。

9月27日 北平改称北京。

周恩来立刻指示：修路总应该有个红灯或者别的什么标志。而第一次在怀仁堂开会时，会前周恩来又认真指示工作人员：凡是主席接触的地方，都要摸一摸，试一试，以确保卫生安全。

10月1日下午2时，在焕然一新的中南海勤政殿召开的中央人民政府委员会第一次会议作出决议：宣告中华人民共和国中央人民政府成立。下午3时，毛泽东来到天安门城楼……

60年60人·1949

醇亲王府内
最后的小贵族

刘连续 男，75岁，宣武区新安北里居民，退休教师

我出生在德胜门果子市大街23号，那是个五进的大四合院。念了两年私塾，念《论语》，又上直钧小学和板章路小学。解放前的北平对中国共产党的消息封锁挺严，我记得有回在鼓楼的墙上看见一个告示说什么"我军攻克延安"，当时还纳闷呢，延安是什么地方？！

傅作义的军队不扰民，我亲眼看见当兵的打水把住户的水缸填满，军医也会给院里的住家瞧病。解放军进城前，我看见一位国民党的指挥官，叫楚溪春吧，骑着马从街上走过去，身上的子弹哩哩啦啦掉了一地，也不捡，现在想想他们那是乱了。

2月份之后，我记得常开庆祝会，长沙解放、武汉解放……韶关解放。这些照片就是1949年4月份在原来的三十四中里头拍的，那里就是醇亲王府。那年我们读高一，画面左边穿西服的那个是我。同学们家里都比较富裕，所以长得都比较壮。

和平解放后我的第一感觉就是猪肉多了，围城的时候根本买不到。10月1号那天，老师带我们去了天安门广场。阅兵好看，马队太整齐了！飞机也好，后来我参军，知道了那是P-51，美国野马战斗机。毛主席头发乌黑，那年他55岁，声音洪亮极了，很震撼。到傍晚大典结束，我们每人手里都有一个纸灯笼和火把，队伍像火龙一样。

◀1949年4月，刘连续和原三十四中同学在醇亲王府留影。

见证人·1949

我拍入城仪式用了十多卷胶卷

孟昭瑞,男,79岁,1949年担任《华北画报》摄影记者。

我1948年开始从事摄影工作,先后供职于《华北画报》、《解放军画报》,高级记者、研究员。曾参与"平津战役"、"北平入城式"、"政协筹备会"、"新政协会议"、"开国大典"、"抗美援朝"、"两弹一星"、"审判林彪江青反革命集团十名主犯"等一系列重大历史事件的采访。1986年出版个人专著《历史的瞬间》,1992年在北京举办了个人摄影艺术展览。

▲现年79岁的著名摄影师孟昭瑞用镜头记录了北平入城式的瞬间。

1949年元旦,我进入《华北画报》从事摄影工作还不足一年,当时正在河北冀县一个偏僻的小村里训练、待命,这里也是华北军区政治部所在地。傅作义的部队还在伺机反扑已经解放了的石家庄,而东北野战军进攻天津的战斗已经打响,华北野战军也做好了攻打北平的姿态。

1月下旬,我便接到了一项紧急任务,奉命赶赴前线,采访解放北平的战斗。于是,急行数十里赶到石家庄,然后搭乘运送弹药的大卡车,赶赴位于北平东郊通县宋庄的华北野战军和东北野战军联合作战指挥部。当时,正值隆冬季节,卡车上连站的地方都没有,我只好趴在高低不平的弹药箱上,没有棉手套,赤着双手拽着捆绑弹药箱的粗绳,怀里紧紧抱着两台珍贵的照相机。这是从敌占区买来的两部德国产的旧相机,一部莱卡M2,一部折叠式120,这在当时已经是很好的设备了。

一路上,国民党的飞机盘旋轰炸,地面上枪声不断,战争气氛异常浓厚。但是,到达宋庄后,北平开战的消息却迟迟没有传来。虽然随时等待着战争指令的到来,但和平谈判的进程则更为大家所关注。

1949年1月29日,旧历牛年春节,我和聚在宋庄的记者们准备了花生、瓜子,开联欢会迎接新年和北平解放的到来。联欢会一开始,东北野战军政治部宣传部长肖向荣将军首先上台,激动地宣布:"我军同国民党傅作义将军达成了协议,和平解放北平!"同时,为了不影响北平老百姓欢度春节,协议将从1月31日开始生效。顿时,全场掌声雷动。

当天晚上回住处后,我仔细检查了相机,调试光圈、快门、对焦,把胶

▲ 解放军队伍行至前门大街时，清华大学的学生们爬到卡车、坦克车上，把事先写好的"打过长江去，解放全中国！"等标语贴在炮筒上。

卷也装好，一切正常，这才安心睡觉。当时，我们已经知道，2月3日，人民解放军将举行一场盛大的北平入城式。

1月31日上午，我们乘坐一辆缴获的美式吉普车，提前来到永定门至前门一线勘查地形。我当时穿的还是缴获的国民党军服，只是胸牌上有"中国人民解放军"字样。沿途市民们看着我们几个陌生人，眼中仍然充满了愁容和疑惑。于是，我们主动跟他们说："老乡，你们知道从今天起北平和平解放了吗？共产党的部队就要进城了！"围着我们的市民们脸上都露出了笑容，然后兴高采烈地奔走相告。在珠市口西北角一家商户内，我们受到了主人热情的接待，他一边引路一边关切地说："楼梯狭窄，小心碰头！"

入城式从2月3日上午10点开始。这天一大早我们就驱车来到城内，提前一个多小时在珠市口做好了拍摄准备。永定门至前门的大街上，很快聚集起拿着各色小旗的男女老少，"毛主席万岁！""朱总司令万岁！"的标语随处可见，来自燕京大学等高校的学生、北平第一修械所等工厂的工人，高声唱起了《解放区的天是明朗的天》等革命歌曲。

入城式也是一次展示解放军军威的机会。以三辆挂着毛主席、朱总司令肖像的装甲彩车和军乐队为前导，一队威武的骑兵首先开进永定门，紧随其后的是一辆辆十轮大卡车牵引着的一门门高大的榴弹炮。入城部队自永定门进入，绵延不绝，在前门箭楼前接受东北野战军和华北野战军的首长检阅后，分成多路向市区其他方向前进。

我在前门外某商店二楼拍摄了数卷照片后，立即下楼向城楼方向移动。人太多了，很多地方都挤不过去。很多工人、学生是天刚亮时就来到前门大街，八千多名铁路职工、两千多名清华和北大的师生，更是从头天晚上就赶到城里，费孝通、雷洁琼等知名人士也在欢迎的队伍之中。

那天的入城仪式持续了5个多小时，我总共拍了十多卷胶卷，这在那个提倡节约的时代是难以想像的。至今我还清晰地记得，在随后的3月份召开的七届二中全会上，毛主席曾经明确地指出：北平入城式是两年半战争的总结，北平解放是全国打出来的，入城式是全部解放军的入城式。我自己则一直能为给这个伟大的时刻留影而感到自豪和荣幸。

1950

龙须沟
Slums upon ditches

关键词：龙须沟　崇文门瓮城拆除

龙须沟改造是新中国成立后在首都进行的第一项大规模旧城改造工程，它涤荡的是年久失修的城市下水系统，是对城市平民惨痛生活经历的定点清洗，同时也是一次针对普通劳动者的"以工带赈"。

龙须漫溢
人曾为鱼鳖

话剧《龙须沟》里有一段快板说道："六坛八庙颐和园，要说修，都该修，为什么先修咱龙须沟。这儿脏，这儿臭，这儿的老百姓最难受。"龙须沟改造工程，是新中国成立后人民政府进行的第一项旧城改造工程。1950年，龙须沟旁被挖出一条新沟，里面铺上管道，上面压实铺路，变明沟为暗沟，原来的旧沟就地掩埋。

北京城的下水道早在元朝定都时就已开始建设，清乾隆五十一年（1786年）曾有统计，全城已有全长429公里的沟渠系统。在随后的岁月里，封建军阀仅把几条明渠改成暗沟，日本侵略军和国民党政府不但没有修建新下水道，反而因长期失修失养，旧下水道堵塞淤积，臭气四溢，雨后街道积水严重。1949年可以利用的下水道只剩20余公里。

党外教授主持样板工程
龙须沟改造也是以工代赈

1949年12月23日的《人民日报》刊登了一条消息，从北京各大学中选出梁思成、吴晗、陈明绍等6位党外教授参加首都建设。陈明绍是6位教授中最年轻的一位，他被任命为卫生工程局副局长兼总工程师，负责市政工程修建。上任伊始，龙须沟的整治工程开始，陈明绍担任了工程设计和施工总负责人。

龙须沟是当时的工人、三轮车夫集中居住的地区，据《崇文区志》记载，1950年3月，有失业工人和市民699人参加掏挖龙须沟、大石桥、后河沿臭水沟，换回口粮2.11万公斤。同年，市民政局为该项工程拨修房救济金1亿元（旧人民币），其余从市政建设费中筹拨。在进行临时救济中，先后举办了三次工赈工程：第一次就是开挖龙须沟、前三门等7处疏浚河道卫生防疫工程，参加者1850人。

龙须沟工程分两期进行：第一期是1950年5~7月，重点是将天坛大街至天坛北坛根的明沟改为暗沟；第二期是1950年10~11月，重点是将红桥至太阳宫的明沟改为暗沟。陈明绍参与工程设计，采用设计施工一条龙的办法，按建设程序确定项目完成工程勘测设计后，设计人员与施工技术人员共同组织工程施工，这样可以节约许多时间，龙须沟工程成为这一时代的"样板工程管理"。

传说里的金银池
臭水汇流成郊坛后河

在北京刚解放时出版的《最新北平大地图》上，天坛路称作"坛根大街"。对着天坛北门的，是天坛路北侧的金鱼池社区，游人在社区门口老舍先生的雕塑前留影，这里因老舍创作的话剧《龙须沟》而得名，而龙须沟的一段，位于现在的金鱼池社区和天坛路之间的狭长地带。

话剧《龙须沟》里的王大妈说："当初刘伯温修盖北京城的时候，这前门大街就是一条龙……"金鱼池岸边，68岁的回迁户赵先生同样用述古的口吻说："传说刘伯温修北京城的时候没钱，打听到沈万三富可敌国，就逼着他往外掏钱，沈万三万般无奈，走到这坛根底下，一跺脚，地底下冒出一座'金银池'来，刘伯温拿着金银财宝去建北京城了，这块宝地后来就慢慢叫成'金鱼池'。"

金鱼池的南侧才是今天看不见的龙须沟，清代宣德年间已见诸记载，它是永乐年间建天坛、山川坛（先农坛）时，为排泄先农坛以西原向东南之水而开凿的，北起虎坊桥，经永安桥、天

▼ "为了使龙须沟早日赶修完成，工人们以忘我的热情工作着，他们用人力进行淘水。"
（资料图片 新华社）

桥、红桥,在天坛北再向东南流,后与三里河合流,经左安门内一带洼地(今龙潭)出城入南护城河。它曾经是北京城外城最大的排水沟,也叫天坛北的"郊坛后河"。

曾在市政工程局工作的李裕宏老人回忆起当初对龙须沟的整治,他认为龙须沟之所以有名,归因为老舍先生写的《龙须沟》,因为"当年北京城比这沟大得多的有的是,御河之类也都在整治。可就是因为前门附近聚集了一批手工业群落,都是贫民,解放前没人管。解放后北京市委书记彭真没有下令去修王府井和西单,也没修坛庙和颐和园,在经费极为有限的条件下,彻底整治臭气熏天、住满了穷人的龙须沟。这在当时是有重要的政治意义的,龙须沟是北

▼如今的金鱼池很难让人回想到《龙须沟》里的失足落入臭水沟丧命的"小妞子"了。

京劳动人民居住所在。解放前,这里是达官贵人住地雨水和污水的排水尾闾。今天解放了,首先要考虑为劳动人民服务。这就是站在什么立场的问题。"

改造持续至21世纪
老舍话剧凝聚记忆

金鱼池中区里甚至有"龙须沟原址"的指示牌和文字介绍,所谓"原址",依然是新建的一小段水渠,水渠边闲坐的老人说整个金鱼池中区里的水渠在最近一次整修中修成了龙形,绵延于中区。

1955年从河北来到北京的李金花老人说,"龙须沟被填平之后,也是坑坑洼洼的,周围也没个整街、整院子的,都是小平房、破烂墙、小窝棚。金鱼池当时被整修成公园,池子旁边种着树,后来有池子没鱼,垃圾都倒到池子里,蚊虫特别多。'文革'时填平了金鱼池,拆了路边的危旧平房,建起了69座简易楼,30多年后,这些窄、小、低、薄的简易楼已经成了危房。"

2001年4月,金鱼池"危改加房改"工程启动,金鱼池迎来了第三次改造。2002年,原住居民顺利回迁。2004年,金鱼池社区居

纪事·1950

1月1日 京汉铁路全线通车。

1月14日 北京市军管会分别收回前法、德、美等国在北京的兵营地产,并征用其地面建筑。

3月16日 市电车公司开辟有轨电车环形路。

3月22日 政务院批准成立以杨尚昆为首的疏浚"三海"工程指导委员会。

3～4月 北京市6个下水道系统——南北河沿、北新华街、大石桥、安定门、棋盘街、崇文门—朝阳门的疏浚工程完工。前三门护城河疏浚工程完工。4月龙须沟改建暗沟工程开工,10月完成。

5月14日 为解决交通阻塞问题,开始拆除崇文门瓮城,在其东西两侧开豁口。

9月10日 《北京文艺》创刊号刊载老舍的著名话剧《龙须沟》。

9月 长安街林荫大道改建完工。

10月12日 教育部接办法国教会办的私立辅仁大学,任命陈垣为校长。

12月1日 人民出版社在京成立。

民将老舍先生《龙须沟》中的人物"小妞子"制成雕塑放在社区里时，老舍先生的儿子舒乙曾经来过金鱼池。他回忆说："1949年年底老舍刚从美国回来，第二年夏天，当时的北京市文委书记告诉他整修中的龙须沟是个非常好的创作题材，可以反映人民政府为人民的宗旨。老舍接受了这个提议。"

"老舍是在1950年夏天去了一次龙须沟'体验生活'，回来后，继续有人艺的助手给他跑材料，他自己写得非常快，写完后，人艺就请焦菊隐先生来导演，焦菊隐是北师大外语系主任，他得到这个信息后，就服从分配，辞掉了教职，到北京人艺来做《龙须沟》的导演……"

60年60人·1950

第一次进北京照相馆

李玉波，男，92岁，离休干部
居住于东城区安德里北街

1934年，我就读于北平市立第三中学。当时，学校里有个摄影兴趣小组，我省吃俭用把家里给的生活费攒起来，最后花了两块大洋，购置了我人生中第一台照相机——KODAK的方匣子照相机。

1949年解放的时候，我在兰州。转过年我被调入北京，组建某军队印刷厂，当时我住在鼓楼前头（地安门外大街）。离我住处不远，有一家照相馆，叫做"艺影照相馆"，在我搬来后没多久，为了纪念进入北京城，就去那里拍了一张全身的肖像照。

说来惭愧，我虽热爱摄影很久，但这次还真是第一次进照相馆，拍一张属于自己的肖像照片。那时真是非常重视，我身上穿着军装，每一个褶子都被我抚平了，一尘不染。这也是我最满意的一张，前些年我还扫描成数码文件，放了张很大的照片挂在了墙上。

随后几年，我差不多每一年都去这家照相馆拍一张自己或全家的照片，直到我拥有了第二台相机——我们国家自主生产的海鸥4A120双反相机，此后，我的"照相馆"就变成了整个北京城。

见证人·1950

罗哲文，中国古建筑学家。1924年出生，四川宜宾人。1940年考入中国营造学社，师从古建筑学家梁思成、刘敦桢等。1946年在清华大学与中国营造学社合办的中国建筑研究所及建筑系工作。1950年后，先后任职于文化部文物局、国家文物局、文物档案资料研究室、中国文物研究所等处。

拆崇文门瓮城不是拆城史开端

梁陈方案是热情的建设

1950年的北京，城墙、城楼、牌楼都完整保存下来了。梁陈方案在这一年里提出，很多人认为梁陈方案是对北京城前途的最早忧虑，其实它更多反映的是知识分子积极的建设热情。方案里梁思成所表达的思想，在解放前，就早已形成了。他以前就跟我们讲过，罗马、巴黎为什么能保护得好，都是另建新城在老城外去发展了，如果在内部发展新城，必然产生矛盾，不能真正保护。

▲罗先生手中的《全国重要建筑文物简目》是由梁思成主持编撰的，它对解放战争中的文物保护以及新中国成立后的文物普查发挥了极为重要的作用。

设想中的功能分区

1950年，我在清华营建系（即今天清华大学建筑系的前身）当系助理，它是由中国营造学社留下的班底组建成的，当时清华还有另一个机构古建筑研究所，我也在其中身兼助理之职。当时清华营建系也没有教授，吴良镛啊我啊，大部分都是年轻人。因为之前一直在营造学社，林徽因先生曾叮嘱我抓紧时间，在清华期间好好学习基础课程。

从1946年到1950年，我都在清华"补课"。那时我就帮助梁先生做北平城的功能分区，行政、商务、文化功能区分离，各自组团式发展。比如工业区规划到东郊下风口处，西边是学校区，道路分等级，小区内都是步行，不需要汽车。梁先生在20世纪30年代的纽约看到老太太走路都比汽车快，所以他尽量在自己的规划里避免私人汽车的使用。

停留在学术争端的1950年

在梁陈方案提出之前，工程学先驱华南圭提出《北京新都市计划第一期计划大纲》，建议北京建筑格局需要改变，他的意见代表了一部分学者。还有苏联专家的观点："对待遗产应区别精华与糟粕，如故宫三大殿和颐和园等是精华应该保存，而砖土堆成的城墙则不能与颐和园同日而语。"当然，这时候的意见冲突，还只是停留在学术冲突上。当时，我是公开赞成梁先生提出的"保护旧城，另建新区"的方案的。

当时中央文化部成立文物局，需要这方面的干部，当时的局长郑振铎本人就是大专家，找来的都是裴文中、夏鼐等著名专家。我也得到邀请去文物局，当时我在清华搞古建筑，还有很多事情没做完，一直到1950年年底才到文物局，担任郑振铎的业务秘书，当时全国的文物工作还没有开展，我们就在北京调查小庙。

拆瓮城 开豁口不是拆城史开端

在1953年之前，新中国的文物调查和保护工作在逐渐开展，这一年的崇文门瓮城被拆除，并在东西两侧开豁口，是因为交通需要，领导和老百姓都对拆崇文门、开豁口没什么意见，它不能算是新中国成立后的北京拆城史的开始，一直到1954年才决定不保留城墙。

1950年时的梁先生当时还写过一篇文章，针对有人提出的存城墙阻碍交通的观点，提出可以通过在城墙上多开豁口、城门来引导交通，他还专门论证了如果城墙拆除，需要费耗多少节火车，拆城墙的劳动力太多，城墙用土对新城市建设杯水车薪，劳民伤财费力，所以城墙可以保留下来做"世界上最大的立体环城公园"，而城墙是中国城市的最重要标志。

我总是被称为"调和派"

一直到1953年，两个很重要的会最终改变了整个北京的格局。一个是保护北京文物建筑的专家座谈会，参加的十多位人物多是高级专家和主管领导，会上决定成立一个调查组，对北京的城墙、牌楼和交通等关系提出方案。当时吴晗是副市长，我作为郑振铎的业务秘书参加。到了1953年12月，又开了一次会，我们将调查意见都提出来，可后来根本没有讨论。

我总是被人们称为调和派，我经历了太多的事情，知道保护也好，发展也好，这些需要人们把心往一块去，这是我对那个时代的反思。知道真正有价值的要坚决保护，比如四合院本身，而那些价值稍差或者没有价值的可以拆除。

新中国首都60周年
北京地理

北京1949~2009大型城记 大城记事

大城记

1951

什刹海人民游泳场

From an imperial playground to a people's swimming pool

关键词：什刹海人民游泳场　抗美援朝

作为城市规划意义上的"北京源头"，什刹海一度曾是权贵们夏日泛舟、冬日冰嬉的场所。公共园地的兴废，是公民权利伸张与收缩的晴雨表——1951年，"人民游泳场"就开设在这里，习惯了"野泳"的人们有了新去处。

跃跃欲试"大江大河"

1951年6月6日,什刹海人民游泳场举行落成典礼。时任军事委员会代总参谋长聂荣臻、北京市市长彭真、副市长吴晗、团中央书记冯文彬、全国青联主席廖承志、作家老舍等出席了开幕式。开幕式上还进行了游泳、跳水和水球表演。

▶当时的什刹海人民游泳场全场面积为33500平方米,内有比赛池、浅水池等设备。夏天,北京市广大的劳动人民及学生们每天到这里来游泳,这是游泳场的跳水池。(新华社记者喻惠如摄)

▼什刹海夜色阑珊

它和"银锭观山"、"柳下清音"没关系,和"净业观荷"、"普济晚钟",也没有关系。它就是夏天游泳,冬天滑冰的一个地方。

解放后北京惟一的市民泳池

"那块地方,以前大家叫它西小海,就在现在郭沫若故居东面,也叫莲花泡子,因为水面上种植莲藕。从1951年起,这块水面逐渐被三座深水游泳池取代,有蘑菇池,还有深水跳台等水上设施。这就是什刹海人民游泳场。"曾任西城区政府办公室主任的李春龙,形象地描述了已经不存在的莲花泡子和一个历史地点——什刹海人民游泳场的具体位置。"从1963年起,游泳场等被填埋,修建成运动场地,也就是北京市什刹海体育运动学校。"

李春龙也是《北京体育志》的主编。他说,解放前在中南海有游泳池,人们能买票游泳,但解放后就对公众关闭了。1951年建立的什刹海人民游泳场成了解放后北京市市民惟一可以买票游泳的公共空间。在一张老照片里,彭真为游泳场剪彩,旁边身着泳装的男女青年跃跃欲试,新中国的公共娱乐生活在这里起步。

在李春龙的印象里,当时什刹海人民游泳场的地基没弄好,渗水厉害,因此比手腕还粗的自来水管一直在抽水,在水池里形成的荸荠般的扁头经常喷射。这里的夏天热闹非常,虽然设施简陋,但售票处、更衣处都有,最早在这里学习游泳的陈敬还记得,当时门票是每人两分钱,如果人多,还能便宜到每人一分钱。当时的水很清亮,来回有人巡逻,比野泳强多了。50年代中后期,北京市民游泳热情高涨,在李春龙看来,这和1956年毛泽东畅游长江后发出的"到大江大河里去"的呼吁有很大关系。

在城市公共基础设施很不完善的50年代初,人民游泳场还常被用作比赛场地。李春龙介绍,1954年9月12日,这里举行了欢迎苏联游泳队来京友谊比赛大会,当时我国游泳混合队和中国人民解放军游泳代表队参加了表演比赛,我国优秀游泳选手吴传玉也参加了表演。苏中两国游泳运动员交换了队旗,时任中央人民政府体育运动委员会秘书长的荣高棠和苏联游泳队布格罗夫互赠了礼品。这一次，中国人见识了苏联游泳队索洛金的持久力和转弯时的惊人技巧。而比赛结束后，苏联游泳队运动员精彩的滑稽跳水也让北京人大开眼界。如果冬天有滑冰赛，淘气的北京孩子会走到湖心岛爬上树观看一场免费的国际赛事。

什刹海人民游泳场1963年被渐渐填平，作为什刹海体校校址，隔着河堤的前海便开始了作为什刹海游泳场的20年（1984年关闭），北京人的合法游泳池从露天转移到室内。

什刹海野泳充满刺激

《西城区志》记载，1965年，什刹海游泳场成立，和1951年成立的什刹海人民游泳场只有"人民"二字的区别，而这个词在北京人的口头称谓中又经常省略。加上它们之间只隔一道河堤，西侧是什刹海人民游泳场，东侧就是什刹海前海，靠西南的一部分被用作"什刹海游泳场"。因此，在北京人的记忆中，这两者常被混淆。

住在什刹海附近龙头井的老居民彭丽华回忆，游泳场大概占前海三分之一，在靠近湖心岛的地方隔着网，中间有个豁口，经常有胆大的人通过那个豁口游到湖心岛，据说也有卡在豁口之间的丧命者。其余三分之二的前海还包括相连的后海、积水潭等连成一片的水域是野泳者的乐园，这里水草丰茂，甚至淤泥深陷。彭丽华还记得，岸边水不深，没到腰部或胸前，水底有毛茸茸的水草，踩上去软绵绵的。有一次她突然被乱乱的水草缠住，怎么用力蹬也没用，后来放松身体，屏住呼吸，水草反而慢慢松开腿。在她看来，什刹海的野泳充满了惊险与刺激。

在北京人的印象中，什刹海每年吞没几个人是常情。80岁的什刹海居民李富珍说，做街道工作的她经常一天几次路过什刹海，每年夏天，都有几个孩子在什刹海没了，有时几具尸体就横躺在荷花市场的边上。所以一到夏天，她就担心自己的三个孩子。"文革"开始的头几年，什刹海也是自尽者常选的地方，多的时候一天能打捞起四五具尸体。

纪事·1951

1月1日 北京海关成立。

1月20日 卫生部正式接收由美国津贴的私立北京协和医学院。

1月 北京市体育分会、青年团市委制定的"体育锻炼标准"在北京第四中学、清华大学等校试行。

2月12日 教育部接收私立燕京大学。

2月23日 新华书店总店成立。

4月3日 中国戏曲研究院成立，梅兰芳任院长。毛泽东为该院题词："百花齐放，推陈出新"。

5月16日 北京市第九区召开大会，控诉天桥"三霸一虎"的罪行。

6月 北京市工商界响应抗美援朝号召，捐献飞机30架；本市各界妇女捐献"北京妇女号"飞机1架；归国华侨捐献"华侨号"飞机1架；京剧表演艺术家捐献"鲁迅号"飞机1架。

8月25日 北京市高碑店和清河朱房村发现两处汉墓，出土大量文物。

10月2日 北京第一批6名女电车司机正式行车。

11月5日 《中国少年报》在北京创刊。

什刹海人民游泳场

大型城记 大城记事

▲75岁的孙奶奶（右二）游完泳正在上岸，她从小就在这附近游泳。对面灯火之处所覆盖的就是当年的什刹海游泳场。

2003年，刘心武发表《什刹海的情调空间不能失去》，强调保留什刹海为一处富于野趣的情调空间。他忧心于什刹海变为秦淮河的浓妆命运。

今日什刹海夜色阑珊

即使近几年，什刹海周围三十多处的禁泳标志也不能阻止有人尝试野泳的冒险。李富珍说，夏天晚上来偷偷游泳的人是极少数，更多人晚上流连于什刹海的夜色阑珊。

初夏将至，"什刹海水上游"的生意很好，依清明上河图中船形打造的古色橹船从水路穿过银锭桥去宋庆龄故居、广化寺和恭王府花园。最近的新闻里说：5月2日，出京游玩的车辆在各高速路口堵成长龙。5月2日，什刹海游船在银锭桥下也堵成一片。管理人员动用快艇对游船拖行，并提醒游客靠右行驶，疏导"水面交通"。

47

荷花市场门楼前，昔日毛主席像的地方现在是公共活动空间，有人跳舞，有人在地上写字，有人以这里为标本拿着摄像机记录变化着的北京和中国，但要在这里有把握地找到一个北京口音的人很难。

"面向着积水潭，背后是城墙，坐在石上看水中的小蝌蚪或苇叶上的嫩蜻蜓，我可以快乐地坐一天，心中完全安适，无所求也无所怕，像小儿安睡在摇篮里。"老舍当年描写什刹海的情景挪移到现在，可以改成这样的文字："在初夏的夜晚，坐在荷花市场门口的星巴克露天咖啡座上，人民游泳场已消散，朝北仍能看到夜色下熠熠生辉的鼓楼，什刹海在夜晚成了闪闪发亮的湖。"

60年60人·1951

进西单百货工作 一辈子忘不了

罗省，79岁，西城区安德路18号楼居民，西单商场员工

▲罗省1951年进入西单商场工作。

1951年我考入西单百货商场工作，之前我有学徒经验，还记得当时给我一叠发票，让我用算盘把上面的数字加起来，再减回来。还有一道题是用算盘打出999×999，这也没难住我。我1951年2月16日进入西单百货工作，一辈子都忘不了。那时每月工资是150斤小米，也就是现在的15块钱。生活非常苦，但大家心情很好，觉得大家是同志，不再受气了。

当时开会多，一般是说共产主义的未来，听了心里踏实，觉得未来有人管。1951年开始整风，内部也叫"清理中层"，早晚都开会，每个人先说自己，我交代自己是富农出身，报考西单百货商场时，谎报了年龄怕不录取。有一天商场秘书（相当于组织部）找我谈话，问我是不是还有什么没交代？问我是不是三青团（国民党的青年组织）的区队长，我说不是，你们可以去调查，如果还有什么没交代的，就枪毙我。

那时北京的很多商场是私有的，西单商场是国营，北京独一家，货真价实又便宜，顾客不少。特别是"五一"、"十一"、春节还有促销活动，打九五折，一早就有人排队，我们就一直要忙到晚上。我记得当时很多市民来换表带，换下的手表带都把玻璃柜挤爆了。节假日加班后，一般晚上12点会有一顿夜宵，肉末面片，吃完一碗还能再要，我为了吃这顿夜宵，有时晚饭都不吃了。因为我们平时吃的是窝头咸菜。

▲1951年8月罗省在颐和园。

见证人·1951

齐国栋，85岁，1951年入朝，1957年回国，军乐队指挥。

战友替我死在慰问舞台上

我1945年参加革命，赶上了抗日战争的尾巴，参加了整个解放战争。解放后我所在的部队被合编到68军，为"解放台湾"一直在河北宣化备战。1950年朝鲜战争爆发，十九兵团作为第一批部队去了朝鲜，伤亡严重。之后，"抗美援朝，保家卫国"运动在全国开展起来，很多战士写血书表决心要去朝鲜战场。

在天津备战半年后，1951年6月，我们坐上了铁皮火车，在黑暗里战士唱着苏联歌曲《再见吧，妈妈》，一路到达安东（现丹东），准备渡过鸭绿江。

▲齐国栋、张婕夫妇在家中向记者描述他们所见证的1951年。

1953年的一天，我作为演出队队长本来是要带队去前线慰问，但《奇袭白虎团》杨育才的事迹被报道后迅速创作出剧本来，组织上要求我留在驻地为这个剧本谱曲，临时换了王友佐同志带队去慰问。演出一般是在战争间隙举行，找一块平整地铺块雨布就是舞台，内容很简单，就是说快板、唱歌鼓舞士气，很受战士欢迎。王友佐走到中央跟战士们说话时，美国飞机扔下的炮弹在舞台中央爆炸了，他被炸成了几截，我一想起这件事就要忍不住哭，他是替我死的。

1953年签署朝鲜停战协定，是我们布置的会场，当时要悬挂两幅领袖头像，先挂了毛主席的像，我们想彭德怀是抗美援朝中国人民志愿军总司令，就挂了彭德怀照片。结果他来检查会场时说，我怎么能和主席的像挂在一起？赶紧取下来。当时我们用最好的大中华烟招待美国谈判代表，我看到他们都把烟塞进口袋。

朝鲜停战后，我又被调到志愿军司令部，1957年才回国。回国前，我去毛岸英墓前留影，在那个烈士墓园，他的墓是第一个，郭沫若写了"毛岸英同志之墓"，墓园还有毛主席题写的字。

▲张捷展示他们在朝鲜时的照片和胸牌。

张捷，77岁，1951年6月入朝作战，1953年在朝鲜结婚。

在朝鲜土豆窖里结婚

我永远记得过鸭绿江大桥的情形，我十八九岁，在桥上摔了一跤，流了很多血，后来化脓在腿上留了一个坑。还有比我更小的战士，我就拖着他们走，一些南方战士个子小，背的东西把身体都挡住了。一般晚上要走几十至上百里路，朝鲜境内有很多森林，最难的是司机，在没有路和灯的情况下，他们要乘敌人打探照灯的间隙闯过三八线，有的炮弹扔在车上爆炸了，他们就这么牺牲了，连姓名都没留下。

战场上没性别，女同志也要背七八十斤的东西走，开始我们还带了香肠、咸菜，行军时背不动都扔了。但到了朝鲜又没吃的，有个同志留了个咸萝卜，大家为了沾点味，每人轮流舔一口。女同志爱干净，太脏了就找个水坑洗头发，头发没干就包进帽子里，结果捂得头上身上全是虱子。那时每人有一块雨布，里面有一层胶，下雨可以当雨衣，休息时就铺开睡觉，把树枝盖在身上掩护。春天，地上的竹笋尖"腾"冒出来顶着背，能把人弄醒。

有人说我们文工团的人没上过前线，但在朝鲜战场，没有后方，需要我们架桥我们就是男人，需要我们救治伤员我们就是护士，战争间隙还要给大家唱歌鼓劲。

1953年10月1日，朝鲜停战，我们经组织批准在朝鲜结婚。当时还有另一对新人结婚。我们文工团在当时还算是条件比较好的，为两个新娘准备了两朵红绸花戴在胸前，文工团还为我们杀了一头猪庆祝。新房设在朝鲜老乡家的土豆窖里，同志们在坑上贴了几张报纸，就算布置新房了。我们在"新房"住了两天，就各自分头工作了。

北京1949~2009大型城记 大城记事

1952

东四人民市场

Reorganization to the People's Market

关键词：东四人民市场
　　　　黄土岗农业生产合作社

东四一带畸形繁荣的摊商经济在1952年被就地整顿，与来自东大地、德胜门和鼓楼等地的1000多家商户同在隆福寺的大殿内被按行业分组。他们一同构成了新中国首都的第一个大型摊贩市场。这是计划经济对私营经济的规范，"私私合营"最后也牵引出"公私合营"……

"庙市"货郎
开启自由市场

现年87岁的刘广田老人早上出来遛弯,有时就会从自己家所在的钱粮胡同,向南穿过人民市场西巷,顺手捎上一些蔬菜。整个过程所需不过几十分钟,而空场背后那座已经长期大门紧闭的大厦每每使他不得不多留意几眼——在1985年退休以前,他就是这里面的一员,虽然那时这里还叫做"东四人民市场"(除去仍有两个以它命名的巷子以外,这个名字如今已经只存在于他自己的记忆之中),而这座大厦也尚未建成;即便1988年大楼落成,正式更名为"隆福大厦"之后的好几年,这里的生意仍然火热异常,被列为北京的"四大商场"之一,直到1993年8月12日22时发生那场震动整个北京的特大火灾。

"长虹电影院、东城工人俱乐部还在,后来大厦前又修了隆福广场,而隆福寺小吃店、白魁老号等老字号餐馆等也已经陆续回迁,但他们的生意和隆福大厦一样,都再也没有振作起来。包括前几年把这里改为步行街都没起什么作用。"刘广田说。

"啃马路牙子的"有了组织

1952年元旦，经过几个月的紧张施工，北京解放后第一个大型摊贩市场——东四人民市场，在隆福寺庙内正式开业。从那天起，刘广田就成了被集中到这儿的1132户摊商中的一员。而如今重新自发聚集在隆福大厦门前空场上的那些小商贩，则常常使他想起自己在进入东四人民市场以前，在东单路口西南角东大地一带（今东单体育场）收卖旧货、成为摊商的情形。

"那是在抗战胜利不久，东单一带很快就聚起了一拨又一拨的摊商。那时，没人管理，摊商又多，所以市场非常混乱，常常在马路边上就地摆放，我们都自称是'啃马路牙子'的。"刘广田回忆说。而经过日本占领时期的百货奇缺、摊商萎缩之后，此时也正是整个北京的摊商重新蜂拥而起之时。

曾考察过解放前后北京摊商群体的党史研究专家张世飞说："这种发展一直持续到解放前夕，其实是畸形的繁荣，是城市失业率上升的一个表现。长期战乱，农村破产，城市工商业凋敝，催生了大批失地农民、失业工人和小公务员，再加上躲避战乱的地主和工商户，其中不少都加入到了投入成本不高的摊商行列之中。"这些摊商严重影响了北京的交通和社会秩序——摊商中也有些混入其中的落魄流氓和小混混。因此，北平解放后不久的1949年5月，市政府通过了《北平市人民政府管理摊贩暂行办法》和《北平市人民政府处理棚户暂行办法》两个文件，主要采取"就地整顿"或者"异地搬迁"两种方式。

这期间，刘广田等人就从东单马路边迁到了整理出来的东大地摊贩市场内，"一共6条街，有了相对稳定规范的市场秩序"。而据北京市档案学会原副秘书长杨玉昆考察，正是在同一时期，原来混乱地分散在隆福寺内外的摊商们也大多被集中到庙内，进行登记，发给营业执照，并且按30个行业编组，于1950年底成立了隆福寺摊商联合会筹备委员会（大约此时，经过整顿，北京建立了13个相对规范的摊贩市场）。这是一个在市工商局指导下成立的群众性摊商联合组织，为以后建立东四人民市场打下了基础。

◀前页上 东四人民市场曾经以修理业务名噪京城，图为职工们根据季节特点和群众需要，为孩子们翻改新衣。

老庙市上的新市场

　　杨玉昆介绍，1952年初集中到东四人民市场的1130多户摊贩主要来自3个地方，除去原在隆福寺的100户之外，另外还有从东大地迁入的800户，德胜门、鼓楼等地的300多户。"一个直接的原因是对外贸易部要占用一部分东单摊贩市场盖办公大楼（即今商务部所在地），因此建设市场时，对外贸易部拨付20亿元（旧人民币，合新人民币20万元）资金。除此以外，还有国家拨款和摊商自筹资金各10亿元。"

　　选择隆福寺是因为这里地处寺庙之内，没有妨碍交通之类的麻烦。另一个重要的原因便是"自明景泰年间建成以后，这里作为朝廷敕建寺院，香火旺盛，很快便吸引了大批商贩在寺内和附近设摊售货，至乾隆年间，已成为北京'诸市之冠'；民国以后，这座喇嘛庙香火不再，更主要以每旬四日（旧历、一、二、九、十）的庙会而极尽繁盛，在北京五大庙会中首屈一指"。北京史研究专家王永斌也认为，民国期间的隆福寺庙会更准确地说，其实就是一处"庙市"。

　　东四人民市场自1951年初开始筹建，至年底建成。刘广田回忆说："那时，隆福寺的山门，6层大殿虽已破败，但仍然保存完整。市场就建在各个大殿之间，用铅板围成了4个货棚，周围则是用竹子扎成的栅栏围墙。1956年公私合营之后，又将铅板售货棚翻建成了砖墙，（上世纪）70年代将东货棚改建成了地下2层、地上4层的营业厅及办公用楼房，直到1985年开始筹建营业主楼，1988年建成，东四人民市场也随之更名为'隆福大厦'。"

从摊贩市场到国营商店

　　刘广田说："在东四人民市场营业，摊贩都要先交上一份迁建份，每份50块钱，可分到一个五六尺长的摊位。"摊贩们按行业分组设摊，分别集中于4个货场的各条街道之间。"东一街为沽衣、旧货、绸缎，东二街为文物、杂项、眼镜，东三街为仪器、镜框、东四街为五金、工具、无线电，东五街为玩具、文具、剩余物资、

纪事·1952

1月1日 东四人民市场开业。这是当时北京唯一的大型摊贩市场，共有摊贩1132户。

3月20日 北京丰台区黄土岗村殷维臣在互助组的基础上，建成郊区第一个农业生产合作社。

4～10月 北京市卫生工程局组织6000多名民工，以工代赈治理陶然亭地区。

5月1日 北京市地政局、公逆产清管局合并，改为北京市房地产管理局。

6月 北京人民广播电台收购华声广播电台，从而结束了本市最后一家私营电台。同月全聚德烤鸭店和丰泽园饭庄实行公私合营。

8月1日 人民英雄纪念碑工程开工。

8月 拆除长安街上的东西三座门。

9月1日 市政府将城郊各区区界重新划分。新区划内城为东单、西单、东四、西四4区，外城为前门、崇文、宣武3区，郊区为东郊、南苑、丰台、海淀、石景山5区。

▲隆福寺街上唯一的老建筑的窗口,犹如两只眼,见证了东四一带辉煌的背影和市声喧哗的现状。

西一街为搪瓷、唱机,西二街为棉布、新药,西三街为百货、化妆品,西四街为背包、针织,西五街为青布鞋、鞋料;中街为皮货、皮箱。西北一街为自行车零件,西北二街为服装;东北一街为青洁衣,东北二街为绿货(旧军装)。"

这一改过去的摊贩市场和庙会中摊商们随意设摊、秩序混乱的情形。杨玉昆则指出,从东四人民市场起,摊商们开始每日开市,固定地点经营,而不像过去庙会定期举办,摊商们只能不断游走于北京各个庙会之间。

"最初,东四人民市场的摊商们仍然是各自经营,只是后来很多行业都组成了联购联销小组,开始统一进货,统一销售价格。1956年1月13日起,开始公私合营,按行业划归15个专业公私领导,至1958年,由人民市场统一管理。这期间我们加入工会,逐渐成了国营企业的一员,开始靠拿工资吃饭。我当时的工资是每月35元。60年代初,市场内所有摊贩都被收归国有,东四人民市场也从此成了一个完全国营的大型商场。"刘广田描述道。

"我记忆深刻的还有,从三年困难时期开始,东四人民市场内逐渐开办了许多成衣加工、旧衣修补、器具维修等项目,形成了自己的特色,因此一度也被以'医院'戏称。"而附近很多居民至今则仍然记得,上世纪80年代北京市民曾经一直排队到钱粮胡同西口争购压力锅的情形。在那个北京现代商场还没有遍地开花、物质尚未完全脱离贫瘠的时代,这里结实、便宜的锅碗瓢盆、衣帽鞋袜、

▶隆福寺街上随处可见文身铺和服装店,橱窗折射出一道市景,仿佛一例2009年的切片。

日用百货成了普通的北京人最为青睐的选择;哪怕闲逛,也有周边那些诸多的电影院、小剧场、旧书店、小吃摊供人流连。

60年60人·1952

新北大的第一份地图

杨浪,财讯传媒集团常务副总裁,地图收藏家

这是我在中国书店的拍卖会上拍来的,50块钱。这份手册里面有北大1952年的鸟瞰图和平面图等等。要看50年前的北大全貌,这图真是宝贝!

1952年9月,经过连续3个月的院系调整,北京大学与燕京大学合并,从城内沙滩迁往西郊原燕京大学校址。所以,这版地图可以肯定是新北大的第一份地图。

题名为《北京大学校园简图》的是一张鸟瞰图,图上有编号72个,包括了北大当年所有的重要建筑。与现在的地图相比较,可以发现北大在这50多年里主要是向南和向西发展,校园的规模比当年至少扩大了一倍以上。

1952年的北大刚刚搬家,所以这份手册封面上署着"北京大学筹备委员会"。手册中有些资料很有趣,比如"本校行政负责人名单"——当时的校长是马寅初,副校长汤用彤、江隆基,教务长是周培源,侯仁之为副教务长,还有各系主任名单,从中可以看出北大经过调整之后的院系和专业布局,而这一点一直影响着此后几十年间北大的发展,在中国教育史上也影响深远。

见证人·1952

1952年3月20日，丰台区黄土岗村殷维臣组织了郊区第一个农业生产合作社，实现了"资本主义小农经济向社会主义农业的转变"。

殷维臣和京郊第一个合作社

我们村是1950年进行的土改，村里人都分到了房子和牲畜、大车、农具等生产资料，但是因为生产资料有限，分到各家各户的也并不齐全；特别是一些人口多、劳力少的人家，农忙时根本折腾不过来，生活仍然很窘迫。

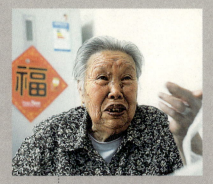

▲现年80岁的黄土岗村村民屈淑芳是殷维臣（已故）的妻子，她对合作社仍然记忆犹新。

起初人们不愿意互助

1951年，我丈夫殷维臣就响应丰台区的号召率先发起、组织了互助组。按毛主席的话说，这是为了让穷人都有饭吃。

互助组就是大家把牲畜、大车、农具等等凑起来，是个互帮互助的意思，土地和生产资料仍然归各家各户所有。但好不容易分到手的东西，不少人实在不愿意拿出来和别人分享，所以最初的互助组只有4户，而且都是党员和积极分子。

但没多长时间，这种组织的好处就显出来了，干活的效率提高不少。这样，响应的人越来越多。我丈夫的工作很快得到了认可，黄土岗村也成了区里的先进典型。

互助组升级成合作社

1952年春，区里又来人说，上级有指示，要求有计划地试办农业生产合作社。黄土岗是丰台区选取的两个试点村之一，并且要求殷维臣马上到北京参加动员大会。

听完大会以后，殷维臣才清楚合作社和互助组的区别，这次是要彻底把土地、粮食、牲畜、农具等集中在一起，归大家集体所有，从资本主义小农经济变成社会主义农业，当然原则上有一个"群众自愿"的前提。

早富农和大部分中农都很有顾虑，把自己家的东西拿出来大家共有，一时半会儿觉得难接受。因为参加的大都是穷人，所以合作社刚成立时，基础还很弱。当年种地，连麦籽都没有，于是殷维臣就把我们家刚分的半口袋麦子拿了出去，这才种上了地。

有人"拉马退社"

　　因为是市、区两级抓的典型，所以集体添置农具等等所需花费，银行都是一路绿灯。那时没有办公室，贷到款后，殷维臣把一大兜子钱先放在了家里，让一家人担心了好一阵。城里的工人也不断给送来农药、农具等等。后来，社里筹建供销社、学校，购买跳秧歌用的腰鼓等，都采取了入股的办法。没有钱，都出的是小米，我们家拿了110斤，其他有10斤的有5斤的，多少不等。

　　参加合作社的人中，也有偷奸耍滑的。有的人还把自己家的粮食偷藏起来。最初社里采取按天计算工分的方法，不管干多干少都是这样，所以磨洋工的也不少。实行按件计算工分的办法后，甚至有人"拉马退社"。

胡志明来过我们社

　　1955年，国家逐渐限制个体经营，单干户的东西都卖不出去，他们的日子越来越不好过，这样，到1956年，全村人基本上都加入了合作社。其实到这时候，就已经有点儿强制入社的意思了。

　　在我们这个合作社中，无论谁家归公的土地，都不参加分红，只按劳力计算工分。而其他地方后来成立的合作社还大都经过了初级社（土地要素参与分红）的过渡阶段。所以，从一成立，我们这个社就被树立成了从互助组直接跳到高级社的典型，殷维臣也是在这一年被评为了全国农业劳动模范，去北京参加了表彰大会，天桥市场等地方贴上了他的大照片。

　　1954年，他又当选了第一届全国人大代表。从这个时候起，便经常有缅甸、南斯拉夫、匈牙利等国家的人来村里参观。60年代，在村里大场院中，我还亲眼见过越南胡志明主席呢，他的大胡子让人印象很深。

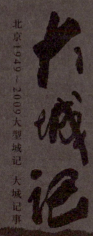

北京1949～2009大型城记 大城记记事

1953

牌楼拆迁令

Decaying of decorated archways

关键词：牌楼拆迁令　天桥人民剧场

由于影响游行效果，长安三座门此前已被拆除。作为建筑小品，牌楼和影壁在通畅城市交通的讨论中只剩下了不合时宜的美学功能——1953年，拆除一部分牌楼的请示获得批准，被梁思成列为古都牌楼第一并加以诗意描述的景德街牌楼也在拆除之列。

牌楼将倾 "梁氏戗柱" 独木难支

罗哲文（中国古建筑学家，曾师从梁思成、刘敦桢等）

"当时梁先生为了古都多保留一些有价值的牌楼等古建，多次和吴晗争得面红耳赤。吴晗说将来北京城到处建起高楼大厦，您这些牌坊、宫门在高楼包围下岂不都成了鸡笼、鸟舍，有什么文物鉴赏价值可言！气得梁先生当场痛哭失声。其实吴晗是研究明史的历史学家，他对文物的价值并非不理解，只是很多事不由他做主，需要中央来定。只能说在保护和发展的矛盾中，没有争取到吴晗尽他的最大力量保护古都。机器轰鸣，烟囱林立，才是当时新型城市的蓝图。"

"当时一开会,梁思成一直坚持这不能拆那不能动,他的意见很受周总理的器重。他也建议不把中央机关设在老城里,不少人为此反感他。1953年,市委索性直接领导规划小组,开会地点设在动物园的畅观楼,俗称畅观楼小组,再开什么会就不报首都计划委员会了。最主要的,当时已经有了新的指示:北京要建成一个新型城市,一切阻碍新型城市的障碍都要拆除。"

——孔庆普(北京市市政工程管理处桥梁所退休总工程师)

讨论 梁思成呼吁保留牌楼

20世纪50年代初,群众游行指挥部和北京市公安局交通管理处都对城市老建筑提出意见,意见涉及老建筑(长安三座门等)影响了游行效果以及牌楼(帝王庙牌楼影壁、东交民巷牌楼等)使得交通事故频发。

讨论拆除左右三座门的会场设在中山公园里,都市计划委员会委员、各界人民代表大会代表参加了这次讨论。古建专家孔庆普回忆说,当时林徽因怕梁思成受不了,要求发言,以雄辩的口才说,如果说北京从明代遗留下的城墙妨碍交通,多开几个城门不就解决了?

当时会场情绪有些失控,彭真怕一时很难通过表决,立即召开代表中的党员会,要求一定服从市委的决定。三座门要拆,是市委市政府早已决定的。孔庆普说,当时他们施工的人在南门里面,被要求不许去北边。"北边在讨论拆除长安门,我们施工力量已就地待命了。"一夜之间,明朝建起的长安左右门被夷为平地。

1952年3月,建设局向市政府呈报第二批城楼修缮计划。不久,局长王明之传达市政府关于修缮城楼等工程的指示精神:关于城楼修缮工程,已经开工的要把它做完,没有开工的就一概不做了。

1953年8月,梁思成上书中央政府和北京市政府呼吁予以保留或异地迁移景德街牌楼。

◀前页 孔庆普先生左顾右盼地提防汹涌的车流,前方是帝王庙前保留至今的建筑小品(市内最长的影壁)。为了缓解交通,上世纪50年代,这里有两座四柱三楼的景德街牌楼(又称景德坊)被拆除。

▲ 上左，在首都博物馆内重新组装的景德街牌楼的背面并未油饰。

▲ 上右，民国某年，一位在京主教的送葬队伍经过景德街牌楼。（资料图片）

▶ 后页 孔庆普说帝王庙门前的这块"下马碑"就立在原来的牌楼前。

现场 景德街牌楼下的浩叹

　　1953年5月，中共中央批准了北京市委关于东四、西四、帝王庙牌楼一并拆除的请示，孔庆普奉命来到帝王庙。"梁思成说北京的古代牌楼，属帝王庙前的这两座构造、雕作最好，这座牌楼被挪了就没意义了。"

　　如今，阜成门内大街北侧，白塔寺还在，修缮一新的历代帝王庙门前，立着"官员人等至此下马"的下马石，景德街牌楼、东四、西四牌楼却不见了。"下马石先前不在大门前，在牌楼这。"孔庆普应记者之约前往帝王庙前追忆牌楼旧事。

　　孔先生站在帝王庙红墙外的夹道旁，指出这里曾是景德街牌楼所在地。"10多米宽的大牌楼，三间四柱七楼样式。"相距122米的景德街东、西牌楼，曾和大门道马路对面的大影壁一起，构成了代表礼制规约的禁区。从明嘉靖十一年到清末的380年间，当朝皇帝或他派遣的官员，在春秋祭日来此，举行过662次祭祀大典。后来，牌楼的戗柱总是被路过的人力车撞到。

　　"修是我修的，拆也是我拆的。"1953年时，孔庆普任北京市建设局道路科的工务员，主持了历代帝王庙景德街牌楼的拆卸工作。

　　"1954年1月8日，我们开始准备拆卸景德牌楼，正在搭脚手架,这时梁思成先生来了,他在旁边看了会,见到我,就问这两座牌楼计划什么时候拆完,照相没有,拆下来的部件存在哪里,重建的地点定了没有。我说,相片已照了,立面、侧面、局部、大样都有。上级布置是拆卸,不是拆除,力争不损坏瓦件,木件不许锯断,立柱和戗柱必要时可以锯断。拆下的部件暂存于帝王庙内,由文整会安排,重建地点尚未确定。文整会的俞同奎主任说,牌楼打算迁建到民族学院校园内。"

事先并未落实迁建地点,拆卸下来的木料也大多腐朽得严重。"木结构呢,时间太长了,一拆,朽了,根本没法复原。"孔庆普承认,尽管拆卸时多加小心,拆下来的景德街牌楼难还原整体。梁思成大概一定料想到这点,走的时候说"感谢!感谢!这次来主要是向牌楼告别。"

"从景德街牌楼的东面向西面望去,有阜成门城楼的依托,晴天时可看到西山,夕阳西下时,落日余晖洒在牌楼上,特别美。这是梁先生对景德街东、西牌楼的评价,也是他对北京的牌楼中评誉最高的。拆它时,梁先生为此痛哭了好几天。"梁思成的学生罗哲文回忆说。

"在这之前,为争取保留这两座牌楼,梁先生曾给周总理写

纪事·1953

1月19日 经政务院批准,北京市建筑工程局成立。

3月22日 在劳动人民文化宫举行宣传贯彻婚姻法游园大会。

5月9日 中共中央批准中共北京市委的请示,拆掉朝阳门、阜成门城楼和瓮城,交通取直线通过。并批示在改善上述两地交通的同时,可将东四、西四、帝王庙牌楼一并拆除。

6月30日 截至24时,北京市常住人口为275.3万(第一次全国人口普查)。

7月 中央新闻纪录电影制片厂在北京成立。

10月7日 北京市政府发布《关于减少城市嘈杂现象的通告》。通告规定:凡无必要而又扰乱四邻的广播播音应立即停止;娱乐场所和各种晚会演奏,一般应于夜晚11点半钟以前结束,至迟不得超过夜12时。

本年 北京市建成天桥剧场等5座剧场和电影院。

信。总理很客气，说夕阳无限好，只是近黄昏。"孔庆普在施工现场也听到梁思成的"夕阳无限好"的喟叹，那是冬天的清晨，孔庆普站在牌楼前，远眺自己尽心修缮过的阜成门城楼，更远处是灰蓝的西山，"真的很美"。

进程 1954后大规模拆除开始

经过细致的整体分解和小心拆除，景德街牌楼的花板、斗栱等构件得以保存。这些构件在"文化大革命"中几经动荡，辗转收存于大慧寺等地。在1991年北京古代建筑博物馆成立之际，它们被搬运至先农坛入藏。2004年景德街牌楼遗存构件经过修复和组装，被陈列于首都博物馆新馆大厅。

景德街牌楼之后，北京拆除了西长安牌楼，随即是东长安牌楼、东四和西四牌楼⋯⋯

"拆牌楼时只是小心，没有多心疼，可开始拆阜成门、东直门城楼时，那真是特别心疼。"孔庆普说。

【60年60人·1953】

10块钱买了人家的订婚手表

孙文燕，51岁，现住西罗园小区

这块手表是我父亲的。1953年时，他在中山音乐堂上班，当时中山音乐堂的副经理是部队转业的干部，据说曾经是首长的警卫员。当时他们都才20来岁，很年轻，关系都很好。

副经理订婚的时候买了一块瑞士表，小罗马，是在亨德利大钟表店买的。结婚的时候，他又买了一块新表。

副经理就把这块小罗马表送给我父亲，说"你也没手表，拿着用吧"。无功不受禄，我爸爸怎么好意思要这么贵重的东西，推来推去，经理最后收了10块钱。那时候他的工资是每个月30块钱。

收了钱之后，副经理又带着他们一帮年轻人拿着这10块钱，出去买了一堆零食吃。后来我父亲拿这块表给别人看，别人都说20块钱您也甭想买来这块表啊。现在老爷子奔九十岁了，这块小罗马表还在走。有人要拿新表跟他换，他说："我又不傻，才不换呢。"

见证人·1953

天桥,新中国成立前一直是鱼龙混杂之地,1953年建成的天桥剧场则成为当时全市设计最出色、设备最先进的剧场。现年85岁的孙庆华曾为天桥剧场的老员工,他亲历了天桥剧场的施工、设备安装……

人民最多的天桥 修了人民剧场

建天桥剧场时,北京市文化局临时调派一位延安老干部和我过去,每天汇报建设进度。天桥剧场最初选址不在现在的位置,而在中华电影院北边的长方形地带,现在的宣武杂技团仓库,后来选了这片原来是煤铺、大车店、住店聚集的地方,管动员搬迁的人跟我说,毛主席说,人民的大剧场,就要盖在劳动人民多的天桥。

剧场工地周围有电网

天桥剧场的建设者,是公安局五处的人押着大卡车运来的,是自新路上的第一监狱的犯人。建设工地很特别:砌好的大土岗子上,围着带电的铁丝网,土岗子上只开一个门,由解放军站岗,犯人们就在这个土岗子里面做工。天桥剧场是自新路上的犯人盖起来的,当时我们戏说盖剧场的人里面只有三个清白人:领导、会计和管事的。连工程师也是犯人。

担任监工、联络工作的我,每天将工程进度情况向上级领导汇报。天桥剧场最后建成一个马蹄形,外形跟日据时期的大碉堡一样,前面是方的,后面是半圆形的,南北向都有太平门,北面有直通三楼的楼梯,据说参照的是苏联和民主德国的剧院建筑规范。1953年建成的天桥剧场,没有休息室,也没有化妆室。刚开始去的时候,发工资都以小米计算,因为当时物价不稳定,合计每个月有40来块钱吧。

第一场演的是京剧

剧场建成后,延安的老干部留下来当了经理,我还想回到原单位工作,可老干部没让我走，于是我就负责起组织新招的服务员、售票员、置办剧场内部的设施，比如观众席上的五合板的木板椅，现在看起来简陋，当时是新中国成立后第一家剧院，当时比任何一家剧场规模都大，设备都先进。老百姓们都叫它是"天桥大剧场"。

印象深刻的是和长安戏院调来的老师傅们一起核对买进的舞台设施、音响等，在剧场里，老师傅们拿着笔记本认真记录的样子我到现在都忘不了。剧场开业演的第一场戏是京剧，我忘了当时是谁演的了，但是座无虚席是肯定的，天桥剧场在接下来几年里的演出状况，基本上天天一票难求。北京戏校的第一拨学生经常来这里演出。

人民英雄纪念碑的建设者参与剧场扩建

天桥剧场建成后没多久，为了配合十月革命节，迎接苏联莫斯科音乐剧院来华演出，天桥剧场又进行了二期工程。莫斯科大剧院的演出队伍有300多人，可天桥剧场只有一个很小的地下化妆室，又闷又挤。于是中央决定扩建剧场。扩建后，整个化妆室的面积占整个剧院的一半。

为了赶进度，直接边施工边设计，北京市建筑设计院的院长天天在剧场吃住，不敢懈怠，同时，晚上将正在建人民英雄纪念碑的工人借调过来加班施工。

边施工边设计导致了很多返工，也浪费了很多钱。据说1953年建天桥剧场花了300万，扩建花的钱远远不止这些。1954年10月，苏联莫斯科音乐剧院300多人的团队，在天桥剧场连续上演了大型歌剧、芭蕾舞剧，盛况空前。

老天桥不见了，卖艺人也都成了积极分子

在这场盛况空前的演出后，天桥剧场里的京剧、评剧表演逐渐少了，歌剧、芭蕾舞剧多起来，中央领导人来看的也多了，周总理是经常来，毛主席也来过。越来越多的外国来访团选择老天桥，总觉得天桥剧场的规格更高。

记得以前天桥剧场周边环境挺脏乱的，剧场后面都是土路，稍微一起风就扬起灰来，坑坑洼洼的，周围是存在多年的小戏园子，当时还有卖艺耍把式的。为了迎接1954年的苏联大剧院访问团，在扩建时，把周边的土路给铺上了水泥，天桥也比以前安定多了，公安部门有关人员经常在四周巡视。卖艺人也都成为了积极分子。

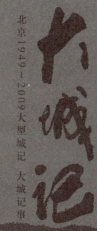

北京1949~2009大型城记 大城记事

1954

北京国棉一厂

No.1 textile factory

关键词：北京国棉一厂　苏联展览馆

为了结束"前无纺纱、后无印花"的北京纺织工业窘境，国营北京第一棉纺厂在朝阳门外建成。苏联设计、设备一流、工人根正苗红——国棉一厂的规划、建设和用工方式都堪称建国之初北京工业发展模式的样板。

国庆游行中首次出现纺织女工身影

1949年以后,每年10月1日,在天安门广场都会有一场盛大的庆典和群众游行活动。但对于亲身参与国营北京第一棉纺织厂(以下简称"国棉一厂")筹建的人来说,1954年的国庆节尤为不同。77岁的该厂原厂长邸长明回忆,在这一年的北京群众游行队伍中,第一次出现了纺织工人的身影,而且排在队伍最前列的便是来自国棉一厂的女工——这也是国庆游行中第一次出现纯粹的女工队伍——簇新的白色帽子、白色围裙和胸前红艳的"京棉一厂"几个大字在队伍中异常醒目。

当年的9月25日,这家工厂刚刚投产,并结束了北京"有布无纱"的历史。

机械科学生突击纺织业

"你们学机械的去吧!" 1952年7月,正在北京工业学校三年级就读机械专业的邸长明等26位同学突然接到通知,被要求提前一年毕业,去参与筹建"北京棉纺厂"。邸长明说,由于当时北京学校还没有纺织专业,领导要求他们这些机械科的学生参与建设。

不但学校没有纺织专业,在新中国成立前,北京纺织工业也一直处于"前无纺纱,后无印花"的境地,从业者多为分散的小户,基础薄弱。因此,1951年11月,北京市政府决定在朝阳门外选址,成立棉纺织企业,暂命名为"北京棉纺厂",并在西单绒线胡同成立了筹建处,由时任东郊(现朝阳区)区委书记刘拓任处长。

"最初的班子只有几十人,筹建处就开始从各地调配干部和技术人员。"邸长明说,"我们这批学生先是在北京接受了一个多月的思想教育,接着就被送到天津培训。"与此同时,购买土地和设备的工作也在有序展开。"十里堡当时叫'陈家林',是一片坟

▲毛泽东在国棉一厂视察。(资料图片)

◀前页 北京国棉一厂旧址所在地的现代小区正在修路。国棉一厂的创建,以及后来国棉二厂、三厂的建立投产为北京的棉纺业发展作出了巨大的贡献(左)。

地，周边住户不多，而且都是看坟人家，因此买地很顺利。另一边，刘拓忙着与东德联络，洽谈购买设备。"到1953年初，已完成主要的准备工作，只待破土动工。"

1952年，中央决定从1953年开始国民经济发展的第一个五年计划，并确定在北京、西安、郑州、石家庄四处发展纺织工业。在此形势下，有关部门认为筹建中的北京棉纺厂"再由地方管理已不太合适"，1953年确定改由纺织工业部直接管理，并将厂名改为"国营北京第一棉纺织厂"。"从名称就可以看出，当时已经不只是准备建一个厂，而是要把朝阳门外从慈云寺、经八里庄直到十里堡，建成北京的纺织工业基地，也就是说，国棉二厂和国棉三厂的建设也已经列入了规划。"

"划归部属后，国棉一厂就被定了标准，要建设一个全国的模范厂。所以土建工程都采取了高标准，使用了苏联的成套设计方案。车间安装了当时最先进的空调设备，几乎可以保持恒温。连职工宿舍都建成了卧室、客厅、厨卫一应俱全的现代化格局。厂房、厂门则使用了琉璃瓦。"但邱长明说，因职工太多，也只能"先进设备，落后使用"。他举出的例子是，本来供1户居住的四居室，却安排进了4户。

新工人要求根正苗红

1953年初，邱长明从天津返回北京时，招工工作正在全面展开，他被分到人事科。"国棉一厂平地起家，是新政权自主建设的新厂，所以招工非常讲究根正苗红，政审很严格。"邱长明说。

对每个报名应招的工人，都要提取全部档案，了解其家庭出身、个人表现和身体条件，于是，走访街道办事处，与邻居访谈成了邱长明们最重要的工作之一。"最终还要人事科长把关，亲自审查。"国棉一厂因为是新建的大型国企，再加上工资待遇相对较高，所以报名极其踊跃，但因为政审严格，"第一批报名一千多人，只招了约340人"。

"当时招的大都是北京本地人，多数是京郊农村的贫下中

纪事·1954

1月13日 北京市第一建筑公司18名青年在苏联展览馆（今北京展览馆）工地建立全国第一支青年突击队。

1月31日 北京—莫斯科直达旅客列车开通。

2月16日 北京苏联红十字医院（今友谊医院）举行落成典礼。

3月16日 北京市政府决定取消食油自由市场，对食油实行统销。

6月3日 北京—平壤直达旅客列车开通。

6月24日 北京人民机器厂试制成功中国第一台30米塔式起重机。

8月22日 北京西长安牌楼拆除，随即又拆除东长安牌楼。

9月25日 国营北京第一棉纺织厂建成投产，建筑面积8万平方米。

10月8日 北京市政府决定在城内各区普遍建立街道办事处和居民委员会。

11月18日 京沈（北京—沈阳）铁路复线全线通车。

12月20～25日 北京东四、西四牌楼拆除。同月友谊宾馆和西苑饭店建成。

农和城市失学青年。"邸长明回忆,"但也有例外。比如在西北旺,我遇到一个16岁的四川小姑娘,因家境困难流落到北京,邻居们对她的评价都不错,就差没有北京户口。当地办事处说了不少好话,最后我们决定接收她,并给她解决了北京户口。"

1953年10月4日,第一批招工完成后,邸长明带领300多人赶赴青岛9个纺织厂学习技术。在分发到各工厂学习前,学员们首先被组成"青训班",接受政治培训和进一步审查。首先发起的是"忠诚老实运动",要求那些有虚报岁数、隐瞒家庭出身甚至怀有身孕等问题的人,主动交待,及时清退。"结果退回了十几个。前后经过3批招工,最后剩下900多人。"邸长明说。

在招工同时,上海、青岛等地的技术工人也不断被调入北京,孙立业就是1953年从青岛第五棉纺厂被调入的:"同时调来的有几十人,以纺纱工为主,我做电工,兼任团支部书记,负责组织工人们的文体活动。"

率先试制成功"的确良"

1954年7月,新工厂进入了全面试车阶段。

邸长明回忆,当时,国棉一厂的设计规模是11000台织布机,年产量5万锭,由于没有建设如此大规模工厂的经验,直到9月25日正式开工前,纺织工业部领导对能否如期投产仍不太放心,甚至把厂长杨慧洁叫去询问:"你们都弄好了吗?"杨慧洁回答:"我们已经开工十几个班了。"时任副部长钱之光说:"我这就去看看!"到厂里时,工人已下班,杨慧洁打开一个车间,里面洁净异常,连地板都放着光,"就像从来没人动过一样"。钱之光疑惑地说:"你们真开过工吗?"

"事实上,那时厂里就制定了严格的规章制度,下班前所有东西都要按军营标准摆成一条直线,对车间全面清洁,由工长带领各组长检查完毕,确保没有问题才能离开。"

但邸长明说,更令他引以为傲的是建成投产后北京国棉一厂在

▲2006年的京棉三厂浴室。1997年,它和国棉一厂、二厂合并成京棉集团。

71

全国同行业中开创的几个第一：1962年率先试制成功棉涤良（即的确良，直至60年代初，仍然只有日本等少数国家有此生产能力）；1979年首先试制生产出氨纶纱（1976年前后由美国杜邦公司发明）等。

随着国内产业布局的调整及集团化趋势的显现，北京国棉一厂最终于1997年8月和比它稍晚建成投产的国棉二厂（1955年）、国棉三厂（1957年）合并组成京棉集团，1999年"正式撤销各厂原有'番号'，北京国棉一厂也完成了自己的历史使命"。

如今，在十里堡，这座老工厂的痕迹正在淡去，取而代之的是一座座高档公寓。

60年60人·1954

北京首发布票分冷暖季供应

蔡援朝，中国收藏家协会票证收藏委员会常务主任

1954年，全国棉纱、棉布统购统销，供求关系紧张，从9月起，实行凭布票限量供应，这是工业消费品中的第一种票证。9月15日，北京市发行了第一套布票，也称开门布票。这版布票已存世不多，据我所知，全国完整保留这版北京布票的不过12人。

首发布票共7枚，分两期，第一期4枚有效期自1954年9月15日至1955年2月28日，第二期有效期自1955年3月1日至8月21日。当时分冷暖两季供应，因为冬季棉布使用量大，所以第一期发行量多。两期布票第二期不能提前到第一期用，第一期的却可延至第二期使用。

布票面额也有调整余地。后来，印制布票大都在当年8月，这时全国棉花产量、当年丰歉程度还没统计出来，所以1956年后，因棉花欠产，也出现过布票打折使用的情况，票面一尺的可能只能顶半尺用。

我1951年生于北京，对布料供应紧张的情况也有所体会。记得母亲曾用旧窗帘布给我做了棉衣棉裤，我被小朋友叫成"小地主"。布票发行共30年，1983年底，国家宣布取消布票，北京很多市民担心政策有反复，还不敢扔掉布票。

▲蔡援朝收藏的布票，上面两排7张为北京首发布票。

见证人·1954

苏柏原 82岁，13岁起做学徒学木工，1951年从上海来京，进入北京建筑公司。1953年被评定最高技术等级——7级。1954年参与苏联展览馆工程建设，任全国第一支青年突击队队长、副队长，现为北京建工集团一建公司退休职工。

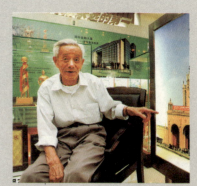

青年突击队"突击"苏联展览馆

18共青团员组成突击队

1953年，苏联展览馆工程开工，公司中一直带着我做工的张工程师被调到了展览馆工地。一个多月后，他对我说："工区团委找你。"虽然当时还不知道有什么任务，但我说"一定服从党的需要和组织分配"。

当晚，团委召集我们开了会。一共18个人到会，都是共青团员。会上，宣布了由我们组织青年突击队，参与展览馆工程建设，并当场任命我为队长。

几年后，我才知道，团市委早就调阅过我们的档案，确保参加的人思想和技术过硬；之所以让我带队，是因为我年龄最大，技术等级最高。后来我逐步了解到，在1953年召开的第二次全国团代会上，毛主席做出了"青年团要配合党的中心"，但也"要有自己的独立工作，要照顾青年的特点"的指示；会后，北京市团委根据苏联专家多洛普切夫的建议，作出学习苏联列宁共产主义青年团经验、在展览馆工地上组建第一支青年突击队的决定。

"剩下的突击队全领了"

1954年1月13日，在苏联展览馆工地上，"青年突击队"正式成立。之后公司把我们送到光华木材厂，学习机械化技术（以前都是手工操作），队员们3个月便学完了成套技术。

在展览馆工地，我们接受的第一项任务是工业馆大厅圆形拱顶的安装。一共12个圆拱，工期很紧，公司召集了劳动模范小组、先进小组和突击队三方人员，要求大家自己领任务，保证按期完成。由于任务重，其他班组领取的任务都不超过两个,轮到突击队时,还剩下3个。主持会议的党委书记暗示,突击队怎么办?我一腔热血立刻站起来说:"剩下的突击队全领了。"坐在我旁边的一位老师傅悄悄说:"小苏,你胆子怎么这么大?"

其实不只老师傅,在场的领导,对我们能否完成任务也没底。因此,散会后特意把我留了下来,问我打算怎么办?我表面上胸有成竹,说出来的却是"你们相信解放军吗?只要来一个班就行!"这也是我一时急出来的主意。他们说:"解放军又不是木工。"我说:"只要你们能让他们听我指挥就行。"他们知道已经有点儿靠谱,也就接受了我的方案。

20多天完成突击任务

开工两天后,果然来了解放军一个班,我说"你们只要肯卖力气就行",安排一个人带领他们做运输队,专管扛木料。

队员们冲着"突击"俩字,都干劲十足,天刚亮就开工,天黑才下班,结果一个多月的工程我们只用了20多天就完成了。当然,其他部门对我们也给予了充分配合,每天一早,工区食堂就为我们准备好了饭菜,下班再晚,他们也会安排专人等我们。我们需要什么车辆,只要一句话,领导们立刻解决。这期间,团市委的工作人员,《人民日报》的记者,也常来看望,甚至常驻工地。所以经过这个工程,我体会最深的是团结的力量。

5月4日,我们被安排去劳动人民文化宫游览。我扛着旗子进门的时候,有位领导走过来说:"你是展览馆工地的吧,你们队长呢?"我说:"我就是。"他立刻握着我的手说:"你就是苏柏原吧!"原来,他就是当时担任团中央第一书记的胡耀邦。

6月,胡耀林同志被调入突击队(同时调走了一名团员),他在18个人中年龄最大,而且是惟一的党员,所以改由他任队长,我转任副队长,队伍也定名为"胡耀林青年突击队"。在他的带领下,突击队后来又参与了广播电视大厦、团中央办公楼、工人体育场等重点工程的建设。这期间,因为工作关系,不断有新人补充进来,最早一批突击队员陆续调出,我也于1957年离开了突击队。但建筑行业已涌现出无数支突击队,并且迅速覆盖到其他行业。一建公司的"胡耀林青年突击队"也一直延续至今。

北京1949~2009大型城记 大城记事

大城记

1955

北京体育馆

The 1st stadium after 1949

关键词：北京体育馆　首个垦荒队

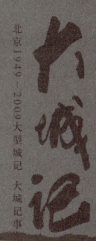

杉篙搭台，苇席盖顶——这是1950年苏联篮球队来京比赛时的赛场情形。五年之后的一个周末，受邀观看篮球比赛的毛主席一走进北京体育馆就说：贺胡子，你修了这么大一个房子啊！北京体育馆不仅开启了"后先农坛时代"的文体场馆建设，同时也是"前十大建筑时代"极为重要的会议和接见场所。

首座综合场馆 打响体育头炮

"过去洋人叫我们'东亚病夫',现在中国人民站起来了,这顶帽子要摘掉!谁来摘呢?搞体育的人有责任嘛!这个任务很艰巨,也很光荣,说实话,能把体育工作搞好,能把'东亚病夫'这顶帽子摘掉,不那么简单。"1954年,贺龙也离开生活战斗了5年的重庆来到北京,全面主持新中国体育事业。贺龙当时劝说西南军区从事过体育工作的干部来国家体委工作,这些话经常是说服的重点。

▲1955年12月11日,各界人民在北京体育馆欢迎德意志民主共和国政府代表团。图为格罗提渥总理在会上将义和团团旗作为文物交还周恩来总理。在1959年人民大会堂落成之前,北京体育馆承担了国家大型会议、领导人接见外宾的任务。 新华社记者 邹健东 摄

小马扎上朱德看球赛 芦苇荡里建首座综合场馆

于是,来自五湖四海的干部被调集到国家体委强化组织力量,原国家体委审计室主任黄浩涛也是这个时候来到全国体训班(也就是现在的国家体委训练局)工作。他本是杭州某学校的一名教师,"当时也有不少有文化的人进入体委工作,被戏称为'文人进武庙'"。体训班的驻点当时还在天津,黄浩涛经常往返于京津。

黄浩涛回忆说:体委机关组建起来后,需要大量的地方,不仅是办公室、宿舍,更重要的是训练基地。"一心就想着训练提高成绩,可是没有场地。"我国老一辈游泳运动员穆翔雄回忆20世纪50年代初

北京的体育设施说,游泳训练夏天在陶然亭外面的露天泳池,冬天就去广东游,都不是正经的池子。

当时北京只有20世纪初30年代建成的先农坛体育场。国家体委原主任荣高棠秘书周铭共称,"1950年冬,苏联篮球队来中国访问,只好以杉篙搭看台,用苇席围墙盖顶,临时搭起一个简易体育馆,当时朱德等中央领导都是坐着小马扎观看苏联篮球队的表演。"因此,建设一个大型的体育比赛训练场馆被提上了重要议程,1954年,北京体育馆开始建设。

黄浩涛称,当时选地在崇文门外,离着天坛、先农坛都非常近,当时这一带荒凉得很,都是乱坟岗子芦苇荡。黄浩涛有一次在体育馆的工棚里过了一夜,只听得大风吹着芦苇荡,"心里怕得很"。

贺龙邀万里"加盟"建设
主席一语平息"浪费"质疑

北京体育馆前后的建设过程都与贺龙有密切关系,黄浩涛称:"当时贺龙想到了曾经担任西南军政委员会财经委员会委员、组织过重庆城市建设、时任北京市副市长的万里,请他出马筹建北京体育馆。贺龙又请来了在重庆参加修建人民会堂的张一粟。成立了由万里挂帅,管平、张一粟负责的北京体育馆建设筹备小组。苏联专家参与了规划设计,贺龙不仅审看图纸,而且连馆内沙发、茶几的样式都提出了具体意见。"贺龙希望这一片区域成为新中国体育事业的基地,总体思想是:"要把根扎下去"、"体育要打响头炮"。

体育馆的建设也并非一帆风顺,穆翔雄回忆说:"我所在的国家游泳队还有国家足球队当时在匈牙利训练,本来说我们在1954年底回国,后来听说修建体育馆的时候发生了一次火灾,所以回国又推迟了一年。"

1955年10月,北京体育馆落成,包括比赛馆、训练馆、游泳馆,这是新中国建设的第一座综合性体育场建筑。周铭共听荣高棠说起过一件事,当时新中国刚建立,经济比较困难,有人对兴建北

▶北京体育馆的设计追求对称、雄伟、庄严，其"民族形式"带有很强的前苏联设计师的风格。图为工人们在清洗"北京体育馆"五个大字。

京体育馆有异议，觉得是不是有浪费的嫌疑。因此，体育馆落成后一直都小心谨慎，没有大事声张。

为此，贺龙专门挑了一个周末在新体育馆里举行篮球比赛，并邀请到了毛泽东及中央政治局书记处的很多领导过来看球。毛泽东一进馆，就幽默地说："贺胡子，你修了这么大个房子啊？"毛主席一表态，反对意见因此平息了。从事体委财务工作的黄浩涛也记得荣高棠当时也说要反浪费，建筑的圆形顶子是不是存在浪费呢？1955年10月刚好是人民币改革，旧币换新币后，黄浩涛记得北京体育馆决算时，"不到一千万"。

建筑地位首屈一指
场馆设计遭受指责

黄浩涛说，继和平宾馆之后，北京体育馆是唯一一个有十名著名画家（齐白石、何香凝等）为之挥毫制作组画的城市建筑，它在20世纪50年代中期的地位由此可见。国家领导人也经常亲临赛场，"周总理非常爱护运动员，邓小平爱看球，陈毅喜欢来切磋围棋"。

北京体育馆落成后，作为一个体育场馆的建筑摹本也引来各地的效仿。对建筑本身的批评也一直存在。建筑学家周卜熙曾经说，

▶后页 长900米、宽45米的体育馆路是北京体育馆和国家体委机关大楼建起后开辟的交通干线。

"北京体育馆的设计追求对称、轴线、雄伟、庄严以及所谓'民族形式'因而严重影响了建筑的实用和经济"。在当时来说,最明显的是强求练习馆和游泳馆对称,这样不仅使练习馆过大,而且远离比赛馆,在比赛时练习不方便,运动员要走露天空廊才能从练习馆到比赛馆。

另外一个致命的缺陷是场馆内没有空调,夏天很热冬天很冷。黄浩涛说,能够容纳六千观众的比赛馆,如果冬天有一场篮球赛,也能看得人大汗淋漓,这样的场馆显然不适合作为训练比赛。

一度作为"大会堂"使用
冠军的场地也向普通人开放

北京体育馆的比赛馆在很长时间里也是举行重要会议和群众集会的重要场所。1957年,庆祝苏联社会主义革命胜利40周年大会就在这里举行,当时刘少奇来了。

工体建成后,大规模的比赛一般就在工体举行。"1959年第一届全运会,大部分比赛都在工体举行,而北京体育馆这里变成了第一届全运会的指挥部。"

纪事·1955

1月10日 中国京剧院在北京成立,梅兰芳任院长。

2月3日 地安门拆除。20天后,市人委撤销都市计划委员会,设立都市规划委员会。郑天翔任主任,梁思成、佟铮任副主任。

4月 中共北京市委成立专家工作室,在前苏联专家指导下进行本市建设总体规划的研究和编制工作。同月,在拓宽西长安街马路工程中,拆除庆寿寺和元代海云、可庵两座和尚塔。

6月12日 前门五牌楼拆除。

7月16日 景山公园开放。

9月14日 陶然亭公园建成开放。

9月25日 北京市第一座大型百货商店——北京市百货大楼建成营业。

10月15~23日 全国文字改革会议在北京举行。会议通过推广以北京语音为标准音的普通话的决议。

"文革"中,全国体育系统被定性为"独立王国",很多运动员都停止了训练,北京体育馆的场馆成了举行批斗大会的地方,贺龙、荣高棠都在此被批判。

各地红卫兵涌入北京的时候,北京体育馆是接纳他们的处所。黄浩涛记得当时要为几千人供给水和食物,"当时是冬天,比赛场、过道、座椅之间都睡满了人,大家挤在一起倒是觉得很暖和,晚上我们就来回巡逻"。这种情况大概持续了一两个月,然后由体委发给路费,红卫兵们各自回家了。

54年来,北京体育馆陆续兴建了多个专业训练场馆。2007年,体育馆建筑被批准列入《北京优秀近现代建筑保护名录》。现在仍有多支国家队将之作为训练基地,普通市民也可以进入世界冠军的场地一试身手。

60年60人·1955

婚礼签名绸缎
灿如往昔

杨树德,74岁,张秀英,72岁,嘉园三里居民

1955年时,我20岁,张秀英她当时18岁,那一年的10月18日,我们两人带着介绍信、户口本,去领了结婚证,也没拍照片。领完证以后,我们各回各家吃的饭。

我们都在天桥剧场工作,当时一个在前台,一个在后台,工作相处久了就成了一对。谈恋爱就是每晚剧场散场(晚11点半)后,我们坐电车到珠市口,送她回家,这就算我们最浪漫的事吧。

我们结婚的房子是在南横街上的平房里,房子都没顶棚,糊

了其中一间房当新房,在桌子上铺上一块花桌布,花盆外面裹上一层红纸,显得喜庆。结婚时都穿着工作服,那天,她哥哥来参加了婚礼。

我们在宣布结婚的那天上午,和另一对差不多同时结婚的同事一起,每人出了10块钱,买糖请大家喝茶(当时我一个月挣56块钱,她挣37块5)。认识的同事、朋友每个人都在一块红绸缎上签名,当贺礼送给我们,这块红绸缎和结婚证书我们都一直保存着。

见证人·1955

1955年8月30日，北京市各界青年举行大会，欢送第一批60名青年志愿垦荒队员前往黑龙江省萝北县。

全国首批垦荒队员
追忆燃情岁月

新中国成立初期国家很缺粮食，我们经历过旧社会，当时对新中国普遍存在一种报恩心理。而且当时毛主席在视察河南的时候也说过，农村是一个宽阔天地，到那里是可以大有作为的。

▲图中人物为部分返城的队员，他们如今都已年过古稀，从左至右依次为：莫金山、李福山、刘振刚、陈启彬（叙述人，80岁）和爱人洪女士以及周俊。

参照苏联共青团垦荒经验

1955年4月，团中央就组织代表团赴苏联学习，想参照苏联共青团垦荒的经验，寻找优秀青年去边疆垦荒。当时有杨华等5个青年人以发起人的身份正式向团中央递交了志愿书，表达了开赴边疆垦荒的愿望和决心。1955年8月《北京日报》全文刊登了志愿书，并接受青年报名。结果很多人来报名，争着抢着要去，当时的原则是"去了就不回来，决不做逃兵"。

第一批垦荒队员60个，49个男的，11个女的，最小的16岁，我们在1955年8月27日集合，互相认识也表达了决心，当时就说，要把青春献给北大荒。我作为垦荒队书记，当时有三个要求：一是安全，60个人不许有伤亡，要安全到达萝北；二是头一年吃喝国家管，第二年要自给自足，第三年向国家交粮；第三，作为书记我要以身作则，我媳妇当时就跟着垦荒队去了北大荒，还有我刚刚一岁的儿子，后来大家都叫他小牛犊，专给大家逗乐。

几百只狼围着帐篷转

记得是8月30号晚上6点多在前门火车站上的车，火车开了三天三夜到了黑龙江鹤岗。迎接我们的，就是一根棍子上绑着的一面红旗，以及当地支援的干草和木头。最开始，男队员就住在马棚里，还有在外面搭帐篷的，女队员借住在老乡家，当时我们的情绪也还是很高昂。

9月4号，举行了一个简单的宣誓仪式，开了第一犁。那个时候有记者跟着我们，他们写好稿，要跑几十里去发电报，我想全国的各大报纸上都有关于我们的新闻。后来，丛维熙还跟我们呆过一年。但是9月16号那天，我记得下了一场大雪，当时我心里就有点凉了，恶劣的自然气候根本就不适合耕种。

最冷的时候零下40多度，锯木头就像拉石头，大萝卜要用刀砍，帐篷外面披着厚厚的草，人靠着帐篷的帆布睡觉，醒过来头就粘在帐篷上下不来了，鞋子搁在地上，第二天起来也要用刀砍下来，盖房的时候我们都会把井盖在屋子里，这样的话，井里也都是冰碴子。出门就是齐腰深的雪，我们还要去山里伐木盖房，下大雪我们在山里被困了几天。狼群也多，有一次我们有个队员去追受了伤的狼，结果引来了几百只狼围着帐篷转。

在黑龙江建设"北京庄"

生活上的困难太多了，我看到女同志都在扯自己的棉袄里的棉花，当时垦荒队发起人之一的庞淑英去了解情况，结果知道是女同志来例假了，但是又不好意思向组织要求买纸，这哪能干好工作啊，让人赶紧去县城买卫生纸发下去。

最开始我们建设的是"青年屯"，后来我们又建设了"北京庄"，1956年来了第二批垦荒队员，北京来了100多人，又有来自其他省市的建了天津庄、河北庄等。1956年的时候，有个同志思想上有动摇，想走。胡耀邦来看我们，他对我们的期望是，三年之内，希望这里是"鸡叫狗咬孩子哭"。

1958年，大豆大丰收，向国家交粮，我们实现了当时的承诺。这一年，抗美援朝下来的两个师也到了北大荒，我们和军垦合并，难免会有矛盾，我们和军垦的待遇不一样，有慰问物质也都是他们收着。

60人垦荒队的队员很多都在那里结婚生子，之后一批人陆续回到北京，萝北那里还留着我们几位苦兄弟。为了回到北京，刘振刚的户口关系办了20年才回到北京。知青们现在还经常组织活动，可是我们连一个组织都没有。当时我们在萝北开垦为后来的知青铺好了基础，其实我们就是第一批知青。

北京1949～2009大型城记 大城记事

大城记

1956

沪企进京

Shanghai enterprises going north

关键词：沪企进京　捕捉麻雀

尽管也生产观念、行为方式以及老字号杂货，老北京主要是一个消费型都市。新兴的社会主义国家首都要拥有现代意义上的"五行八作"，于是有了来自上海的轻工业和服务业人才集体驰援首都建设，他们不只带来了先进和细腻，同时也为北京蕴来了大都市经验。

南工北调
沪企"软化"首都服务业

普兰德 吴兴扬给尼克松夫人织补好被烫坏的纱巾,洗皮的师傅满身都是洗羊羔皮的黄米面。吴国昌师傅在午饭时间,揪着一块肥皂抠衣服上的污垢……1956年7月,普兰德在大栅栏开办了第一家门店,从此,北京的满大街跑着印有"中央普兰德"的送衣服的汽车。

四联理发店 正对着东安市场,三十多米长的三个大门脸,进出门有迎宾员问好,引领座位,四块大玻璃围绕着的是七十多位理发师傅的忙碌身影,他们一手拿滚刷一手吹风的手艺,引得前来"偷师"的人不少。这家店的牌匾上写着"四联理发店"五个字外,下面还有一行字:"华新、紫罗兰、云裳、湘铭四家联合。"

中国照相馆 中国照相馆最后选址是周总理拍的板,店址就在王府井大街南口。员工们自己搞组建,买建筑材料,甚至有摄影师为了买一种叫"小巴黎"的小石子,累得得了中毒性痢疾。照相馆开业后,它的橱窗里的样片吸引了许多人驻足,第一流的质量和技术,得到同行认可、学习的同时,使得中国照相馆在口口相传中立足。

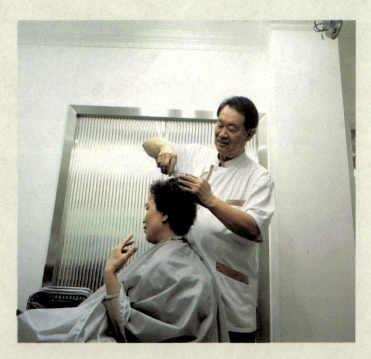

▲许多老顾客在四联都有自己固定的美发师。

◀和同时期进京的许多上海企业一样,普兰德深得中央领导人和外国使馆工作人员的好评。

沪企进京 — 大型城记 大城记事

上海技工大举进京

 如上三家现今在北京鼎鼎大名的字号,都不是北京的土产品牌,它们都来自上海。那是1956年,北京刚将明清民国年间的60万吨垃圾清理出来,而"后洋场时代"的上海的服务业在全国仍然首屈一指。

 普兰德入京的故事可以作为这一时期南北服务差异的注脚:1956年,西欧一位政要来华访问,他的尼龙上衣被王府井一家洗衣店的徒工不慎烫出一个洞。他在香港接受采访时,将这件衣服当众亮相说:"新中国连尼龙这样普通的衣料知识都不懂,怎么还谈得上制造呢?"这件事被周总理知道了,他问:"有没有科学的洗染公司?"有人回答说,在上海有,普兰德机械洗染公司。周总理决断:让他们一个月内进京。

 今年77岁的熊正寅是中国人像摄影界的元老级专家,他是当时上海的中国照相馆的团支部书记,"1956年1月,公私合营后,当时的北京市第三福利公司的康经理,从首都南下,找到中国照相馆的主管。我看到了当时的批文,上面写着'中国照相馆必须迁首都,为首都服务'的字样,下面有周恩来的签字。"

 四联理发第一批美发师之一的陈寅良也曾经回忆说,"上海领导找我们开会,有人不愿意来。北京来的领导张国栋亲自到我们单

纪事·1956

1月2日　北京市工人俱乐部落成。

1月6日　北京市人委布置捕捉麻雀工作。

2月15日　第一届春节环城赛跑举行。

4月　上海27家服装店迁京。

4月13日　北京市根据周总理批示，决定开掘定陵。

5月18日　国务院批准建立北京植物园。

7月25日　北京城内最后一条臭水沟——御河，改建为地下水道。至此，北京城里原有的100多条臭水沟全部消除。

9月1日　由上海迁京的中央、普兰德两户洗染店开业，店名为"普兰德洗染店"。10日，由上海迁京的中国照相馆、浦五房野味食品店开业。

10月15日　中国第一座现代化的北京电子管厂建成投产。

本年　北京市拆除了大高玄殿习礼亭及"大德日生"等3座牌楼及故宫北上门、先农坛钟楼等古建筑。

位来开会做工作，就说北京怎么好，这是光荣任务什么什么的。后来通过领导再次做工作，基本上都同意来了。"现年72岁的理发师吴永亮记得一同来京的理发师中有位云裳老先生，当时已经年过花甲，因为超过退休年龄，在北京办完退休后回了上海。

大通铺上的心理落差

1956年6月的一天，30多个小时的车程后，耳边还回想着上海市总工会欢送时的敲锣打鼓声，19岁的吴永亮，作为湘铭、华新、云裳、紫罗兰四家上海有名的理发店来京人群中的最年轻的理发师傅，和浩浩荡荡的78人组成的理发师队伍，以及中国照相馆的18位摄影师、普兰德60多位洗染师傅等等，乘坐同一班列车抵达北京前门火车站。

抵达北京后，几辆卡车将这些来自上海的专业人士接到鲜鱼口的浴室，等他们沐浴后，将四联理发的一批师傅送到元老胡同（现在的工人体育场），当时的朝阳门外，庄稼地上立着茅草搭的排子房，是以前窑工留下的"住所"，睡在大通铺上，"心一下子就凉了，首都就是这样？"虽然当时年纪小，没有负担，但是吴永亮还是对心中的首都失了望，这哪能和店铺所在的静安寺、南京东路、南京路路口这样的繁华地带相比！

熊正寅和他的同事们则被分配到现在的东大桥附近，同样的泥巴墙茅草房、庄稼地、大通铺，"到了那里，当时大家都在一起吃食堂，各个由沪进京的单位都混在一起。大家互相看看对方，看似平静，心里各种想法都有"。

心理落差交织着对未知的等待，北京市服务局的局长李树森接见了他们。熊正寅记得这位局长最后诙谐地说："同志们刚来，好好休息。北京是个古都，风景点比较多，希望大家能好好看看。来了后有三大任务——吃好、睡好、玩好。希望大家积极完成。"接下来的半个月里，乘着铛铛车，吴永亮和他的同事们一起，走过天安门、西单、西四、北海、鼓楼、北新桥，游了长城、故宫、颐和园……古都的风貌让吴永亮回转了对首都的印象，"首都挺好的"，也只是"大米少些、馒头多些"。

沪企成为京城名号

在选址之前,四联的吴永亮和他的同事们一起,去了当时的西单第一商场,观摩北京的理发店里在做什么发型。在吴永亮他们到达北京之前,这里从上海已经抽调过来好几十人,"但是太分散了,形不成气候,当时北京比上海的发型落后十年都不止"。吴永亮回忆说,当时的北京使的都是手动推子,不会做大波浪,盘卷也不会,中长发就做大花,"前面空心卷,花头帘,拿手一卷一推一擦,就是一个大花,夹子一别就完事了"。

中国照相馆的熊正寅,在"赋闲"期间也参观了当时北京市有名的照相馆的橱窗和内部车间,"当时我们到了石头胡同的大北照相馆,帮助他们修理照片,了解他们的拍摄质量和管理流程"。"从技术上说,北京当时有一定的差距,比如人物形象姿势、构图、光影的用光层次,包括后期加工、放大、整修等,还有黑白照片的人工着色,都和上海有差距。审美水平、艺术效果上还是有不能否认的差距的。"

普兰德、四联和中国照相馆成立后,迅速以高超的技艺、先进的设备和专业的服务态度蜚声京城……

▲1956年9月,普兰德在京营业,图为女工杨云华在补缀丝袜。(新华社记者 杜修贤 摄)

▼左 中国照相馆擅长的照片修复有点类似如今的PS。

▼右 中国照相馆外展示的领导人的照片,引来游客观看拍照。

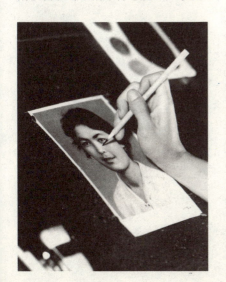

后续

我是1963年分配到普兰德的,那时候去普兰德,就跟现在学生毕业后去大外企一样,进这当工人还得托关系。当时的洗涤业依然属于高档服务行业,市民业务所占份额不大,普兰德专门服务于国家领导人、外国使馆、文艺团体和宾馆饭店。

——普兰德员工衡连香

金鱼胡同33号,这是四联理发店在北京的第一个落脚点。这里原来是东单理发店,为了让上海人更好干活,形成气候,将原来的东单理发店的员工都调走了。原本的打算是,四家理发店在京城东南西北各安一家。可是,寻摸了俩月也没个合适的好地方,索性合并为一家。

——四联美发师吴永亮

我们橱窗里摆放着的毛主席、周总理和刘少奇的照片,经过的人没有不停下看的。毛主席像是新华社记者拍完后送到中国照相馆来修的片,而周总理和刘少奇像都是在中国照相馆拍摄的,在此之后,中国照相馆几乎为中国所有重要领导人进行过肖像拍摄和照片修复工作。

——中国照相馆办公室主任高里奇

60年60人·1956

1956年中国人读美国诗歌

张芬兰 73岁 龙潭西里居民

我手头这本书是1956年出版的,一位苏联学者孟德森写的,译者王以铸就更知名,这人懂很多门外语,塔西佗的《编年史》就是他翻的,译笔非常棒。

《惠特曼论》虽然在1956年出版,但惠特曼的阅读和研究热潮还应该推到1955年,那是《草叶集》问世一百周年,全世界都在纪念,苏联大量的评论文章进入中国。

中国的知识分子包括普通读者都觉得惠特曼好。我不是专家,但这么多年的阅读经验让我觉得,惠特曼是"五四"的精神资源之一,臧克家就说歌德、海涅特别是惠特曼的那种革新精神和自由奔放的新鲜形式给了"五四"时期中国诗人很大的鼓舞。就诗论诗,惠特曼的诗里有对劳动人民的热爱,他用的也是简单朴素的语言。这就和当时中国有了渊源,说因缘也成。

1955年纪念《草叶集》一百周年的时候,周扬盛赞惠特曼,提到了惠特曼诗歌中的民主、自由、平等什么的。这个评价很罕见,和那个年代的文艺标准不太一样,那时正提倡苏联文学,那时美国不叫美国,叫美帝,那可是中国的头号敌人啊。

▲"这本小册子只有85页,我翻看了许多遍,苏联学者也在说主题说思想,但他没有忽略形式和语言。"

见证人·1956

1956年1月6日，北京市人委召集市属有关各局局长、城郊各区区长和工会、青年团、妇联等单位负责干部开会，布置捕捉麻雀工作，要求"从1月7日起的10天里，在全市范围内基本上消灭麻雀。"现年77岁的熊正寅先生当时在东城区团委工作……

敲盆打鼓 有很多麻雀碰壁

新中国刚成立时，医疗卫生条件很差，又怕美国人搞细菌战，苍蝇、蚊子是传播病菌的罪魁祸首，所以它们自然成为人们严打对象，而麻雀也和老鼠一样成了四害之一，是因为麻雀、老鼠都和劳动人民"争口粮"。

步调一致，打一次歼灭战

1955年，毛主席同14位省委书记商写了农业40条，即《全国农业发展纲要》，其第27条规定：除四害。从1956年开始，计划分别在5年、7年或者12年内，在一切可能的地方，基本上消灭老鼠、麻雀、苍蝇、蚊子。

北京市爱国卫生运动委员会领导"除四害"运动，当时街道、派出所都张贴"除四害"的通知，什么"步调一致，打一次歼灭战"的口号到处张贴。因为当时的公安干警人数有限，就发动积极分子参加到这场"除四害"运动中来，我当时是区里的团委委员，就被借调到朝阳区头道街派出所，帮助民警收集、统计居民"除四害"的数量。

和平时上班不一样，每天早晨7点我就得到派出所，晚上七八点钟才能下班。

每周评选灭害能手

当时头道街有六个居委会，现在的大北窑那块，当时都是农村，我的工作就是去各居委会传达上级精神，动员社区居民来"灭四害"。具体使用什么方法，投药还是扑打，怎样给居民拿来的死耗子点数，拿到专门的地方掩埋……现在回想起来像是童话一样，当时是特别认真，不折不扣完成的。

上至80岁的老太太，下至小学生，拎着笼子就把老鼠给带来了，用破盆子、破布包着苍蝇、蚊子的尸体，当时我也年轻，特认真，找根树枝一一点数，看哪家哪户打得最多，哪个居委会打"四害"最厉害，每天都要上报统计数字，每一周要评选"灭四害"最多的居委会和居民家。

苍蝇、蚊子不好扑打，就烧药粉，几个小时后就能看到地上落满苍蝇、蚊子的尸体，黑压压的一片。当时群众灭"四害"的方法很多。

除害损招多多

灭老鼠有用老鼠夹、老鼠笼子，使老鼠药，堵老鼠洞，还有一个小学生发明了一种灭鼠的奇招，后来有些影片里用到，就是逮到一只老鼠，然后往它的肛门里塞颗黄豆，再用线缝上，把老鼠放走，最后这只老鼠会因为胀肚而疯狂，咬死同窝的老鼠。

我当时有拍一些照片，比如活耗子在水缸里游泳，我们在水缸里放四五块小木板，耗子扑腾着好不容易爬到小木板上，人们就会把木板掀翻，耗子又沉到水里挣扎，这样如此反复好几次，耗子就死掉了。这个就是有趣，小孩们都爱玩。

给麻雀平反是后来的事情，当时除了老鼠外，麻雀是群众消灭的重头。麻雀是天上飞的，不好打，人们就想办法，把粮食藏起来，一看到麻雀，就敲锣打鼓，敲脸盆饭盆的，让麻雀没处落脚，那时候全市都在敲脸盆，麻雀吓得到处乱撞。被赶得四窜无门的麻雀，在天上看到下面的庄稼地，一下子俯冲下来，伸了伸腿，就死了，当时满地都是死麻雀。

长城记

新中国首都60周年

北京1949~2009大型城记 大城记事

1957

北京青年农场

Youth being farm-settled

关键词：北京青年农场　宽银幕影院

茶淀农场——远在渤海之滨，却是北京的一块"飞地"。早在1950年，这里就建成了新中国第一个劳改基地。7年后，2000名中学毕业生被号召"奔赴茶淀"，以"生活集体化、行动军事化、劳动战斗化"的方式建设青年农场，成为新中国"青年移民"的先遣队。

下乡,做第一代有文化的农民

北京以东,沿京山线前行约200公里,在天津宁河县(原属河北省)辖区,有一个名不见经传的四等小站——茶淀。它所在的地区处于曾沽河、蓟运河、金钟河围成的三角地带中。

新中国成立前,这里本是不毛之地。直到1950年2月24日,北京市公安局在此动工兴建了新中国第一个大型劳改基地,这片足有20万亩的盐碱地,从此成为"清河农场"。

▲1957年,前门火车站聚集了上千中小学毕业生和为他们送行的人,这些学生响应号召,即将下乡参加农业生产。(资料图片)

"城里孩子对农场充满了好奇,而且那段时间从报纸、广播中已经多次听到发动中小学毕业生下乡参加农业生产劳动的号召。"

下乡是中学生出路之一

1957年7月30日,刚从北京25中毕业的夏廷镇和北京各中学的毕业生,聚集在前门火车站,他们将去"清河农场"义务劳动20天。

现为北京39中退休教师的夏廷镇说,至今他还清晰地记得当年由同学自己编写的《义务劳动动员之歌》:"是那田园的风吹动着我们的红旗,是那康拜因(英语combine译音,指联合收割机)召唤着我们的火焰般的热情……"

8月27日,夏廷镇再次踏上了开往茶淀的列车,这次他是要去建设"青年农场",他甚至连中考都没参加——第一批奔赴茶淀的共有450名北京中学毕业生。

和他们同行的还有原26中(汇文中学)教导处副主任吴宗炳等带队老师。此前,他已被市教育局调出参与茶淀青年农场的筹建。"1956年是我国中小学大规模扩招的一年,但相应的中等和高等教育还有很大局限,所以1957年面临很多学生无法升学的问题,北京无法升入高中的初中毕业生就近9000人。下乡参加农业生产是出路之一。"

1957年4月8日,《人民日报》刊发了《关于中小学毕业生参加农业生产问题》的社论,号召中小学生打破下乡种地"没出息"的观念,主动参加农业生产(吴宗炳了解到,社论作者为时任中共中央副主席刘少奇)。不久,北京市长彭真作出了建立青年农场的提议,"暑假的那次义务劳动,就是序幕"。

8月14日,北京市人民委员会作出了举办"茶淀青年农场"的决定,招收家住本市城镇的非农业户口初高中毕业生约2000人,在本人自愿和家长同意的前提下,前去参加"农田体力劳动"。当时预定的青工期(实习期)为一年零四个月,之后转为正式农业工人,按劳取酬。"口号是,奔赴茶淀,'做第一代有文化的新型农民'。"

▲青年农场常举办劳动竞赛,最高荣誉便是在场旗下照相。(资料图片)

▲左 北京青年农场的老场长刘宗藩（左）和老干事吴宗炳（右）。当年下定决心扎根农村的年轻人如今已头发花白。

▲右 1957年，北京市委指示，要把青年农场改办为一个半工半读的农场。后来青年农场成为北京农业职业学院的一部分。

"劳动每天都有定额考核，每天的完成情况都写在小黑板上，超额完成的用红笔写，基本完成的用白笔，完不成的用绿笔（戴'绿帽子'）。"

把这里变成"延安抗大"

1957年8月30日，何志勇等第二批1000多名同学到达北场时，看到的还是一个四周有着高高围墙的方形城堡，四角都有岗楼，墙外是宽宽的壕沟，墙内是回形院，房顶彼此相连，窗户上有很粗的铁条，"听说，劳改人员刚迁出"。被划为青年农场的是清河农场三分场，分南、北场两部分。

何志勇回忆："待遇是每月18元，发给个人6元，另外12元作伙食费。青工期过后，据说每个月最少能挣40元。但大家主要还是怀抱着扎根农场、投身祖国农业建设的热情。同来的据说还有70多位高干子弟。"

连同9月14日第三批到达的共1900多人，都被分队编组，"共12个队，每组约十二三人，队长全部由解放军转业人员担任。当时'生活集体化，行动军事化，劳动战斗化'，要把这里变成当年的延安抗大"。

市园林局退休干部丁望兰回忆，初到农场时任务相对轻松，主要是除草、运送肥料等,"这期间修建了连通南场、北场的大道,被命名为青年路。场区也添建了一些房子、猪舍和运动场等。10月5日,正式举行了青年农场建场典礼"。北京市委教育部长廖沫沙将彭真题写的场旗授予了青年农场场长。

"当时,全场7000多亩稻田已经成熟,正待收割。当天下午,作为建场典礼的一部分,便举行了开镰仪式。"

持续一个多月的水稻抢收是这些城市孩子第一次面对的重大考验,而令他们记忆深刻的还是随后进行的"七里海战斗"。

晚上马歇人拉车

七里海在青年农场以西大约10公里处,是一片长满芦苇的沼泽地,每到深秋过后,海水退去,残枝落叶就逐渐沉积下来,天长日久,形成了厚厚的腐质层,是极好的天然肥源。1958年农业大跃进形势迫在眉睫,青年农场便号召大家开挖湖泥,提出"向七里海要肥二千万斤,争取明年更大丰收"的口号。

当时已是1958年1月,温度在零下20摄氏度以下,而且大风不断。何志勇回忆,他们刚到七里海附近的村庄时,当地村民还以为他们是清河农场的犯人,知道身份后才热情接待了,但毕竟空间有限,只能住在当地老乡的牛棚、马棚中。"吃的饭由农场从20里外送来,虽然用棉被捂着,但送到时也没有余温了。吃饭也在户外,稍微慢点儿可能就冻成冰碴了。"

此时,湖面的苇子大都已被当地老乡割去,露出尖利的茬口,"大家的棉裤棉鞋不一会就被扎开花了"。一部分男生负责用镐头凿开冰块,手上被震开了一道道口子;女生们则用爬犁将挖出的湖泥运送到湖边,再由男生用大车将肥料运回农场。

现为北京农科院助理研究员的李增高等人回忆,为了提高效率,"马歇人不歇",白天马拉车,晚上人拉车。"一辆大车一般由七八人组成。一个驾辕,两人护辕,一人提灯,其余人拉车。满满一车河泥足有1500多公斤,天黑路滑,寒风刺骨,往返一趟就有40多里。但大家仍然坚持每晚运送两趟。连当地老乡都忍不住说:'这群年轻人,比驴都棒。'"

纪事·1957

2月10日 "四部一会"（一机部、二机部、重工业部、地质部、国家计划委员会）办公大楼在三里河建成。

2月20日 全国农业展览会在北京举行。

2月26日 北京市第一条无轨电车线路阜成门至北池子通车。

3月18日 首都图书馆（原北京市图书馆）开馆。

3月31日 北京市第一列游览列车首次行车，由西直门站开往八达岭。

4月8日 《人民日报》发表《关于中小学毕业生参加农业生产问题》社论。

5月3日 北京市人委决定，从今年起各中学不再统一招生；高中增设英语课程。

6月22日 北方昆曲剧院在北京成立。

同月 首都宽银幕立体声电影院建成。

8月27日 北京市第一批中学毕业生450人到清河茶淀农场"做新式农民"，本市知识青年上山下乡正式开始。

10月28日 北京市人委公布《北京市第一批古建文物保护单位和保护办法》。

12月15日 北京永定门新火车站建成。

当初进入农场的300多名高中生均被保送进入北京各所高校，初中生除部分自愿就业以外，剩下900多人从农业工人变回了学生。

农业工人变回了学生

"按照最初的设想，这批青年是要做'祖国第一代有文化的新型农民'。但后来，原属河北的10个区县陆续划归北京。随着郊区范围扩大，北京急需大批农业科技人员。所以，1957年12月5日，北京市委指示，要把青年农场改办为一个半工半读的农场。"吴宗炳说。

1958年4月，彭真、贺龙等时任中央领导来农场视察，联合写下了"鼓足干劲，发展社会主义农业生产，加强锻炼，提高政治觉悟"的题词。同时宣布，将青年农场改建为北京农业技术学校。当年7月2日举行了开学典礼，"青年农场"名称暂时保留，作为学校附属农场；但实际上，5月学校就开始上课了，学制定三年，"农闲多学，农忙少学，大忙不学"。

1960年1月，因茶淀远离北京，北京农业技术学校正式迁入良乡马厂。这年寒假，同学们带回了牲畜、大车、粮食等，在马厂这片被称为"北大荒"的盐碱地上开始了新一轮创业。

见证人·1957

乔柏人，83岁，1950年毕业于上海圣约翰大学土木工程系。1951年来京，参与了和平宾馆、新侨饭店、王府井百货大楼等的设计工作。1955年调入文化部电影局，创建电影建筑工艺专业，1957年参与设计全国第一家宽银幕电影院——首都电影院。被誉为"电影建筑工艺设计泰斗"。

现为中国电影科学技术研究所教授级高级工程师，享受政府特殊津贴。

宽银幕影院风靡全国

内部建成宽银幕影院

1956年，电影局从西四羊市大街（今阜成门内大街西四至白塔寺段）搬到朝阳门内大街新落成的文化部办公大楼不久，文化部想建设内部电影放映室。时任电影局副局长的司徒慧敏提出建一个宽银幕电影放映室。解放前，他是将我国电影从无声电影带入有声电影的关键人物。解放后他多次出国考察，接触到了刚发明不久的宽银幕电影。

后来我们才知道，1953年，20世纪美国福克斯公司在电影拍摄中率先使用了可使影像产生横向变形、画面展宽的变形镜头，即Cinemascope技术，第一次制作了宽银幕电影。在一年之内，美国所有主要的制片厂都采用了这种技术，到1957年，美国85%的影院都安装了使用这种技术的设备。但当时国内很少有人听过宽银幕这个词。

由于我们没有宽银幕影院的任何技术资料，司徒慧敏就带领我们几个技术人员来到刚建成的文化部大楼放映室中，凭印象给大家讲述宽银幕影院的情况。那时的文化部放映室设在地下室，进深6米多，宽约10米，高不过4米。设计改造的结果，宽银幕"顶天立地"才能勉强容纳得下。因面积有限，我们连观众座位都没能考虑进去，就建成了全国第一个可以放映宽银幕电影的放映室。

改造首都电影院

外界很快知道了这个消息，最先找到我们的是首都电影院第一任经理华旦妮。她也是著名导演史东山的夫人，她将新新大戏院改成我国第一家国家级电影院——首都电影院。

当时要改造首都电影院困难还很多,首先是原有的舞台口放不下宽银幕,而且那时主流电影仍是普通银幕,将原舞台口推倒重建不太现实,我们要找到能将两者结合起来的办法。那时,大家对宽银幕影院的工艺要求还不太懂,最后只好尽可能用足舞台口,勉强解决了高度、宽度不足的问题。放电影必须有黑边,不然两边会产生虚影,考虑到宽银幕电影和普通电影相结合的要求,我们制作了一个能调整空间大小的活动木框。当木框拉到最外延时,可以放宽银幕电影,放普通电影时,则把木框向内拉动。另外,为解决中间和两边观众观看角度差别过大的问题,我们也将平面银幕改造成有一定弧度的形式。后来,我们又制定了中国宽银幕影院的设计规范。

此后,全国各大城市的电影院纷纷仿效,宽银幕影院很快普及开来,上海"大光明宽银幕电影院"、广州"新华宽银幕电影院"、南京"曙光宽银幕电影院"等甚至在招牌中直接打出了"宽银幕"字样。最初放映宽银幕影片都从国外引进,直到1959年,上海海燕电影制片厂拍摄了我国第一部宽银幕立体声故事片《老兵新传》。

60年60人·1957

周总理指示给古建装避雷针

张先得,79岁,北影厂美术设计,50年代起为北京各城楼写生,下图为1957年正在安装避雷针的钟楼

我开始画老北京城楼,是因为我从小生长的地安门。1954年底,我从美院毕业后,在北影厂当美工,有一天骑车路过地安门,看见一片废墟上,工人站在近两米高的龙吻旁,显得特别小……琉璃瓦下铺了一层昂贵的锡,那本来是永远不会漏的,却在铁钉之下,碎了。当时我可没有什么文保意识,完全是凭着自己对出生、成长环境的留恋,想给以后留点念想。地安门就成了我完成的最早的一幅写生作品。

1957年时,开始"反右"斗争,我不想参加那些批斗会,就带着一个小画板,背着帆布书包,一个人骑车四处转悠,往往是找块砖头坐下就画,一画大概两三个小时。当时北京人少,人多的地方我也不去,比如正阳门人太多,天安门人也多,也不敢去那画,怕被当作踩点特务抓起来。

那年夏天特别热,有一天下雨打雷,长陵的一根金丝楠木柱被雷击中后烧着了,差点引起火灾,大家往长陵里灌水,并把雷击事件汇报给周总理。1957年,总理特别指示,北京市要给古建筑装避雷针。

这张我画的鼓楼装避雷针的,就是1957年的某一天,我路过鼓楼,装避雷针的情形。当时脚手架刚搭了一半,我从鼓楼背面角度画了这幅画。

北京1949～2009大型城记 大城记记事

大城记

1958

十三陵水库

The Ming Tombs Reservoir

关键词：十三陵水库 大学生下乡改造

"劳动万岁"、"鼓足干劲，力争上游"、"移山造海，众志成城"——这些当年国家领导人的题词还铭刻在十三陵水库纪念碑上，它们可以还原51年前的劳动胜景——40万义务劳动者用时160天建成一座库容8000万立方米的水库，这是中国水利史上的奇迹。十三陵水库是对"人定胜天"这一信念的践行，既体现了社会主义劳作方式的优越性，又改写了北京作为"苦水幽州"的历史。

她们的十三陵水库

> 手车上跳板，膀稳手不软，红脸姑娘赛大汉，这是小九兰？忙坏代表团，眼花又缭乱，穆桂英，花木兰，哪个是九兰？
>
> ——丁公为十三陵水库工地上的"九兰组"写作的诗歌《访九兰》节选，1958年

> 阿兰你在哪啊/是否找到了他/阿兰你现在的生活是否和我一样/阿兰你还记得吗/我那时的摸样。
>
> ——李志《被禁忌的游戏·阿兰》，2006年

▼左 蜚声十三陵水库建设工地内外的"九兰组"。（资料图片 昌平区档案馆提供）

▼右 九兰组中的"四兰"刁振兰如今已年近古稀。（史义军 摄）

1958年的头五个月里，一场多达十万人参加的十三陵水库建设紧张热烈，各行各业的群众自愿、无定额、无报酬地进行劳动，开创了群众自发义务劳动的先河。在"七一"之前完工，这是一份献给党的生日礼物。由于十三陵水库地区经常发生洪涝，必须在汛期到来之前完工，开工典礼上打出了水库要"和时间赛跑，与洪水争先"的标语——

▲水库北端芦苇丛生,酷似江南。

水库工地的女性现场

　　那一年李国珍17岁,家在沙河乡东一村。1月21日,十三陵水库开工建设,她记得最开始参加建设的队伍有八千多人,其中有7个女的,最小的15岁,工地上和男人一样干活。水库工地政委赵凡知道了她们,命名为"七姐妹",授了旗,她们是水库建设中最早树立起来的先进集体。工地上迅速传出了歌声《七枝腊梅花》,李国珍至今都还记得它的调调:

　　"青年小伙撒腿跑,暗想赶上那七枝花。赶过大姐和七小妹啊,后边又跑过姐五个,急得小伙直喘气啊,乐得老民工合不上牙……"

　　七姐妹的事迹随即轰动了全县、全市甚至是全国,各种妇女突击队来参加十三陵水库的建设。18岁的昌平崔村的团支书刁振兰正准备结婚,却瞒着爱人,也没有跟家里人说,带头参加了水库建设。崔村公社的领导看到"七姐妹"已经被树为典型,就想着也要

▲左 水库最北端的7孔桥,也是水库的入水口。

▲右 从九龙游乐园看水库。

树立起自己公社的典型。统计员在50多个女社员中挑选出了9位名字末尾有"兰"字的妇女,刁振兰正是四兰。

1958年"三八"妇女节的时候,蔡畅来了,给"九兰组"授了一面大红旗。工地广播中经常给"九兰组"鼓劲加油,刁振兰说听着广播里声音,疲倦得不行的身体又像加满了油一样。

九兰组挑筐、打夯不让须眉

"九兰组"挑筐很厉害,刁振兰说自己最厉害的时候一次挑六筐,三个筐累在一起挑,肩膀肿得像馒头,扁担上的鲜血粘紧了皮肤都撕不下来。不是每一朵"兰"都身强力壮,于是"九兰组"自己发明了接力法,例如八兰的腿脚不好,但是有力气,就负责装土筐,几百米的距离安排两朵"兰"来回接力。

当时工地里流行比赛,按照挑筐的数量发牌子看谁挑得多,刁振兰说有一天自己拿了120多块牌子。广播里关于"九兰组"的报道更响了,九兰们更加不知疲倦。如今70岁的刁振兰弓腰掀开自己的衣裳,脊柱下面的一块骨头塌陷进去,那是一次挑六筐的重量留下的烙印。

当时建设十三陵水库几乎全都是人力完成。连接蟒山和汉包山的大坝,230万立方的土都是用手推车和肩挑起来的。"九兰组"打夯很有名,和其他一些小伙子完成这项任务。当时嘴里"嘿哟嘿哟"唱起了夯歌，配合着打夯的节奏，铿锵有力。歌词即兴而发，看到什么唱什么，有一天来了宗教界人士来学习，刁振兰记得愣把一个尼姑给唱哭了。

十三陵用工经验传至友邦

当时有许多的国际友人来到十三陵水库参观访问和参加义务劳动，有一天，罗马尼亚部长会议主席基伏·斯托伊卡来到水库工地，向"九兰组"的每一个人赠送了和平鸽纪念章，后来又向彭真市长发出邀请，希望"九兰组"之后访问罗马尼亚。

刁振兰说这个消息当时给水库建设带来了很大的振奋。水库建好后，"九兰组"在北京饭店培训了半个月，学习如何跳舞吃饭，之后踏上了行程。来到罗马尼亚的时候还在一个水库义务劳动了一天，罗马尼亚人开始以为"九兰组"都是运动员，后来才知道这九个年轻姑娘都是中国普通的农村女性。

刁振兰和姐妹们后来才知道，罗马尼亚政府希望她们的到来能够鼓舞当地妇女参加义务劳动，因为罗马尼亚的水库工地上没有妇女的身影。刁振兰相信，最后罗马尼亚的妇女受到了感染。今年刁振兰70岁，当"基伏·斯托伊卡"不断从她嘴边滑落的时候，非常有范儿。

水库化身"大江大海"

十三陵水库变成了社会主义建设集中展示的舞台，中国人民解放军、中国人民志愿军、无党派民主人士、艺术家、外国友人、机关干部、宗教界人士、大学生、少先队员……连已经被打成"右派"的人也偷偷跑到十三陵水库来进行自我改造——这里汇聚了各行各业的人。

5月25日，刁振兰说这一天她永远也忘不了。毛主席和党中央领导人来到十三陵参加劳动，当时工地已经是十万人热火朝天的战场，刁振兰说，到处都是人，到处都是红旗，到处都飘扬着诗歌和歌声。原本要砸七遍的夯，这一天砸两遍就合格了，如有神助。

"七姐妹"和"九兰组"都没有见到毛主席，因为毛主席已经

纪事·1958

1月14日 南口农场成立。北京市各级下放劳动干部2000余人在这里开发荒滩、种植果树。

3月7日 国务院决定将原属河北省的通县、顺义、大兴、良乡、房山5个县和通州市划归北京市管辖。4月7日，办理正式接交手续。至此，北京市总面积为8779平方公里，人口为545万多人。

5月1日 人民英雄纪念碑揭幕仪式举行。

6月1日 中共中央主办的《红旗》杂志在北京创刊。14日，宣武红旗业余大学成立。

7月1日 十三陵水库举行落成典礼。水库开工以来，共约40万人到水库工地参加劳动。20日，怀柔水库举行落成典礼。参加的建设者7万人，工期130天。

7月 北京舞蹈学校演出《天鹅湖》，这是中国第一次自己排演的大型芭蕾舞剧。

9月2日 中国第一座电视台——北京电视台正式播放。

9月29日 北京电报大楼建成投入使用。

10月26日 首都70多万人利用星期日参加"土法炼钢"。

被人群团团围住，不少人说就是犯错误也值了，要见一次毛主席。后来她们知道周总理在大坝上运土，朱老总年纪很大了也坚持挑土……水库建设达到沸点。

在7月1日到来之前，十三陵水库建好了，这是献给1958年党的生日礼物。之后，十三陵水库依然是一个重要的空间，中国现代史学会理事史义军称，1964年6月16日，中央工作会议的间隙，毛泽东来到十三陵水库，在当年建设水库的指挥部开会。当年开会的地方现在正是十三陵水库展览馆所在，大门紧闭，台阶上已经青草萋萋。

毛泽东畅游十三陵水库时，当时有几个女青年游过，毛泽东称，游泳是和大自然作斗争的一种运动，你们应该到大江大海去锻炼。时代不同了，男女都一样，男同志能够做到的事情，女同志也能够办得到。这段话公之于众的时候，已经是1965年。

60年60人·1958

体育大跃进和劳卫制

杨玉昆，男，67岁，北京档案学会原副秘书长

1958年我正在北京四中上高一，正赶上北京号召"大办工业"，各技工学校扩大招生。上技校不但不用掏学费，还免费提供食宿，每个月还可以领取10块钱的补贴，毕业后可以保证参加工作。于是，我就退学报考了南口铁路内燃机车司机学校。

这期间，北京的体育大跃进已经显出苗头，要求各高中、技校、中专的学生都要通过劳卫制一级、二级、三级裁判员和三级运动员，也就是"四红"。到技工学校不久，我很顺利地拿到了乒乓球三级裁判。劳卫制一级、

▲ "劳卫制"是以准军事化为目标的体育锻炼和运动体系。图为杨玉昆在1958年获得的劳卫制三级运动员奖章。

二级都是固定项目，我努努力也通过了。

最要命的是三级运动员，想来想去，我选了个5000米竞走。每天早晚，我都先沿着铁道走上10多里地，课间也在操场上竞走。两个多月之后，第一次测验居然就通过了。说老实话，因为犯规的次数太多，只能说是快走，谈不上什么竞走。但学校有指标，所以裁判老师也并不严格，顶多是提醒你"三次犯规了啊"。

到了1959年，开始吃不饱了，劳卫制便不再强求，提的人越来越少，相反，为了节省粮食，学校反倒开始强调"劳逸结合"了。

见证人·1958

孙绍振　1936年生，现为福建师范大学文学院教授。1958年，孙先生曾与北京大学的同学一道前往平谷接受"改造"。经孙绍振先生同意，本文内容糅合了《〈新诗发展概况〉写作前后》一文相关内容和本报记者对孙先生的访谈，照片亦由孙先生提供。

细红线贯穿田埂和文学史

1958年，我22岁，我们1955级的学生利用暑假一个月，加上开学以后几个月的时间，编著了一部"红色中国文学史"。

22岁的文学史作者收到陈毅来信

口气很大，说是北大中文系55级作为党所培养的一代新人，正在把资产阶级专家所把持的学术殿堂夺回来。当时的苏联报刊也登了消息。文学史出版后，寄给陈毅、康生许多领导人。

印象里最深刻的是，从系里转到班级党支部书记费振刚那里的陈毅的信。外面套着国务院外交部的大信封，里面是陈毅私人的宣纸信纸，以水印的梅花作底。

文学史最初我是没有资格参与的。当时正在"反右"期间，我属于"中右"，也就是"差一口气"就沦为"右派"，当时大家都认为我就是一个口无遮拦的冒失鬼。要我这样一个"右派边缘"的人去夺取资产阶级学者学术殿堂，自己都感到心虚。没有沦为"右派"，就谢天谢地了，能做人民内部矛盾处理，已经是莫大的幸运，别的还能指望什么？

怀着英雄主义情怀前往平谷东皋村

暑假期间，我们几个比较"右"但还不是"右派"的分子，就在一个左派的带领下，去附近的农村劳动。我去农村也是为了洗刷当时心里的那种罪的意识，因为我是一个"中右"。

当时充满幻想，对于当时流行的豪言壮语，我不但倾心相信，而且甘愿为之献出青春和生命。最鼓舞人的一个信念就是小麦亩产万斤，你问我有没有过怀疑,我没有生活经验,而且那个时候钱学森已经发表文章,为亩产万斤找到了科学依据,那么大的科学家都相信,我怎么可能不相信?

当时我参加了对北大生物系某教授的批判,他居然说什么小麦亩产万斤绝对不可能。这个教授在我看来是太可怜了,他的脑袋还留在资本主义。我去农村,就是要真诚地改造自己。

我对他又是气愤又是同情。我想,批判的武器毕竟不能代替武器的批判,最有说服力的不是理论,而是秋天地里长出的麦子。我就是怀着这样的英雄主义情怀来到北京郊区平谷县东皋村,身体的痛苦到达极限。

在编撰中把自己"差一口气"的身份淡忘

但是,不久就被召回,参加了"红色文学史"的写作。虽然有一点名不正言不顺的感觉,甚至有时还有"混入人民队伍"之感,参加这样的集体学术研究,我当时有一种浪漫感。差不多每天都开夜车,一连两个月。在这过程中,最开心的倒不是写作,而是逐渐把自己的"差一口气"的身份淡忘。

不久以后谢冕通知我,《诗刊》社的徐迟和沙鸥来了,要我们编写一部新诗发展史,谢冕、孙玉石、殷晋培、刘登翰、洪子诚和我的六个人班子就搭起来了。

当时的氛围就是"大跃进",打破常规。资产阶级专家积累资料,正是我要批判的。政治挂帅,把党的文艺方针贯穿到底,这就是我们的优势。敢想,敢干,就什么困难都能克服。这是官方的语言,也很难说不是我们的思想。现代新诗的社会主义方向和党从思想到组织上的直接领导,是一条不断自觉、不断深化的红线。这一点,在我们编写过程中,几乎没有发生过争议。

《新诗发展概况》写了半个多月完成,我们写完的时候拍了一张照片,大家都已经蓬头垢面。

现在我看这本书几乎没有任何文学价值,但是洪子诚认为这是研究当代文学史的重要内容,是记录历史真实的过程。他希望我们几个都写回忆录,我说你先写,写好了,给我看看再说。

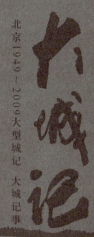

新中国首都60周年
北京地理

北京1949~2009大型城记 大城记事

大城记

1959

外交公寓

Apartments built for foreigners

关键词：外交公寓

这一年，十大建筑先后竣工，这是新中国成立10年之后建设成就的集中体现。齐家园外交公寓中的一栋也于同年年底建成，它见证了新中国的好客以及走向世界的决心。从唐代接待使节的悯忠寺到建国门外的外交公寓，中国的外事建筑完成了自身的进化。

建国门外
下新中国外交之榻

1954年4月,新中国总理兼外长周恩来出现在日内瓦会议上时,世界的目光充满了好奇与不信任,美国代表团团长杜勒斯拒绝了周恩来伸出来的手。尽管如此,《时代》的记者表达了他对日内瓦会议上"中国气息"的强烈感受:"上周,周恩来站在了世界面前,显示了一个巨人决心把美国和西方赶出亚洲,渴望吃掉那半个世界,无论付出多少血汗也要把它自己由贫穷变得强大的表情和声音。"近20年后,尼克松主动伸出了手。

在新中国成立十年的外交中,苏联的名字始终被放到外交名单的首位,除了"一边倒"地站在社会主义阵营里,和部分第三世界国家建交外,与英国建立代办级外交关系,新中国几乎再没有朋友。

涉外饭店让外国人感觉拘束
荒芜地段上兴建外交公寓

1959年12月,第一批各国外交驻华工作人员入驻齐家园外交公寓。用指示针来标明楼层的电梯里,一位英国老太太对开管电梯的服务人员说:"你们中国的电梯太慢了,不好。"开管电梯的人立刻反驳回去:"这电梯是你们英国生产的。"

▼ 昔日"什么都没有的"建国门外大街,如今高楼林立。左图为建国门东北角的建外外交公寓,右图为最早建成的齐家园外交公寓。

开管电梯人对资本主义国家的"敏锐的爱国主义情绪",在当时被传为佳话。"现在听来有点耍赖。"北京市建筑设计研究院顾问总工程师程懋堃现年79岁,在做齐家园外交公寓的结构工程师时,才26岁。他解释说,当时的中国生产不了电梯,为了建新中国成立后的第一个外交公寓,设计师们从上海将洋房里20世纪二三十年代的老式英国电梯,拆下来运到了北京。

1955年起在建国门外的齐家园附近,建外大街北侧、日坛公园西南侧开始修建第一使馆区——建国门外外国驻华使馆区。在1956年前,城墙还在,东单到建国门是两条胡同,建国门外"什么都没有","一直到1956年后才改成一条大马路"。

1957年初步建成第一使馆区,占地约60公顷,建有各类使馆41座。程懋堃说,除了苏联、东欧社会主义国家、非洲的埃及等国、北欧以及半建交的英国等国的大使和大使家眷入住使馆外,其他使馆工作人员都住在北京饭店、新侨饭店等饭店里,饭店生活让外交人员们觉得受拘束,而将外国使节和记者集中起来,对于管理在华外国人也方便不少。在使馆区附近建第一批外交公寓,是新中国在与苏联关系冷冻前的外交第一阶段。

水晶宫里的建筑设计
齐家园外交公寓并非苏式建筑

1956年时,与共和国同龄的北京市建筑设计研究院,接到设计第一座外交公寓的任务。因为外国使节、工作人员居住要求紧迫,"当时我们设计院的楼里每天晚上都灯火通明,周围老百姓都叫它是水晶宫,不止是设计外交公寓项目,北京市绝大多数重大建设项目都是我们设计研究院设计的,那时候正是在一穷二白基础上搞建设,那一年上马的工程比较多,都是些大项目。"

程懋堃摊开当年他亲笔绘制的建筑结构图,回忆当年的天天加班,"当时没有计算机,没有CAD制图,只能用计算尺计

·北京外事建筑小考·

北京的外事建筑可追溯到辽代,会同元年(938年)幽州升为南京(今北京)之后,利用原幽州城内较好的建筑悯忠寺作为接待使节馆舍。

明、清两代为接待来京少数民族官员及外国使臣而设立会同馆,在今宣武区南横街和东城区东交民巷等处建设了专用馆舍,相当于官方涉外招待所。

1900年八国联军侵入北京后,东交民巷地区被划为使馆界,由各国驻军管理。随后10年间,各国按照各自的建筑风格纷纷建设使馆、兵营和银行等建筑,至今仍保存的旧使馆构成了北京近代建筑的重要面相。

1949年后,许多友好国家与中国陆续建交,使馆建设迫在眉睫。根据周总理"把使馆从城里迁出,集中建馆"的指示,上世纪五六十年代,建国门外使馆区和三里屯使馆区相继开始建设。

由于外国驻华使馆、机构、人员的急剧增加,从1957年起开始在使馆区周围集中建设外交公寓和外宾购物、文体活动场所。使馆区也就成为了外交公寓建设的原点。

齐家园外交公寓为北京第一批外交公寓,1957年7月兴建。其中第一栋外交公寓于1959年12月建成,南临建国门外大街,东至秀水东街,为板式住宅楼;在经过了数次加固和整修之后,这一组公寓的外观已经今非昔比。

纪事·1959

1月20日　北京市肥皂、民用碱实行凭证定量供应。

3月4日　北京市人委发出《关于保护万里长城的通知》。5月，市人委又发出《关于在生产建设中注意保护文物的通知》。

4月29日　北京市三环路东部道路段工程竣工通车。

6月6日　北京妇产医院建成开诊，林巧稚任院长。

8月9日　北京出动百万群众灭除蚊蝇。

9月13日　中华人民共和国第一届全国运动会在北京举行。

9月24日　天安门广场扩建工程竣工。面积由原来的11万平方米扩大为40万平方米，能同时容纳40万人集会。游行大道拓宽为1000米长、80米宽。

10月8日　中共北京市委、市人委在人民大会堂举行宴会，庆祝10大建筑工程和密云水库拦洪工程的完工。

北京市完成17个区县的文物调查复查工作。

本年　北京市第一幢外交公寓在建国门外建成。

算。每天加班登记后，可以有3毛钱加班费，当时可以买一个义利的果汁面包当夜宵，已经十分满意了。"而天天赶图，赶出来的图纸被严格把关，稍微有点问题，就会被通报批评。

程懋堃毕业于上海交大，而同时完成齐家园外交公寓建筑设计的工程师也来自上海。"这位工程师是从美国留学回来的，在解放前就比较了解外国人的生活习惯，也了解外国人公寓的建筑结构。齐家园外交公寓并非人们所想像的是苏式建筑。"站在20世纪90年代加固后的外交公寓前，程懋堃指点建筑说，外墙当年让前苏联专家称道的清水砖墙已经包裹在钢筋水泥里，底下包裹装饰的水刷石被蘑菇石给替代了，当年硬木窗户已经改成了铝合金窗，阳台栏杆也换了。

零碎钢筋现场拼接
预制板中间的白色丝绸

"当时盖房子挺困难的，国力还很弱，全国一年总钢产量才500万吨，那一年工程又特别多，比如工人体育场当时也开始建了，钢材不够用。"程懋堃举例子说，钢筋不够用，工地就跟他商量说，能不能将截短的零碎钢筋头接起来用，就像拿零碎布料去拼凑一件衣服似的，按照当时的规范，一根钢筋顶多只能有一个接头才能保证安全，咬咬牙，在经过安全测评后，程懋堃和工地想办法用三四根接头拼起来的钢筋运用在了实际施工中。

另一个问题是，当时都是砖墙承重砖砌体，抗震性不好，又做不了钢筋水泥混凝土，就用预制板。因为外交公寓的房间比一般房间大，预制板高5.4米，板和板之间有小裂缝，虽然中国人不在乎这些裂缝，但是既然涉及外事，苏联人就找当时的国务院外事管理司去提意见。建设设计者实验了半天，终于想出用白色真丝绸子附在两块板的缝隙间，用柔性的真丝撑住硬邦邦的缝隙，再刷浆的办法，这样就"天衣无缝"，看不见缝隙了。

砖混结构，清水红砖墙面，平屋顶、檐口、窗套及首层外墙面刷上灰白色水刷石饰面，顶上是民族形式的雀替装饰，中部7层，两翼6层；东西两端5层，一凹一凸的立面，使得建筑本身动静有致。

齐家园之后外交公寓群起林立
公寓内如今有两成非外籍人士

在齐家园第一座外交公寓的南面不远，就是当年程懋堃参与设计、同时兴建的永安里。程先生说尽管是同期建设，但永安里和外交公寓的内部设施不能同日而语。前者的民居里是水泥地面，而外交公寓里的实木地板、门窗、油漆墙面都比较讲究，厨房、卫生间用马赛克。

"窗户上用铜，这在当时装修材料种类少，又没有国外进口的情况下是很奢侈的，当时电线都不用铜。"程懋堃记得在1957年他被打成"右派"时，齐家园第一幢外交公寓的结构已经基本完成，这个长度212米的单体建筑，即将成为当时北京最大的民用建筑。

在1958年8月程懋堃下放改造前，他还参加了第一座外交公寓旁边国际俱乐部的项目设计，同时设计起的是四幢小楼，"等四幢小的外交公寓陆续建成后，1959年，整个齐家园公寓投入使用了"。

"20世纪50年代建起齐家园，60年代在东直门外的三里屯附近兴建了第二使馆区，也建起了三里屯外交公寓，和美国建交后，70年代掀起与西方国家建交热，在建国门外又建起了新的外交公寓，至于以后的塔园、亮马桥外交公寓，是随着使馆区人员不断增多，80年代末90年代初在亮马河北面开辟的第三使馆区。"曾在齐家园外交公寓担

◀ 齐家园外交公寓的设计者之一程懋堃先生说，如今公寓已经改观。清水砖墙已经包裹在钢筋水泥里，水刷石被蘑菇石替代了，当年的硬木窗户已经更新成了铝合金窗，阳台栏杆也换了。

任过五年物业管理部经理的孟冬昌历数北京外交公寓的建筑小史，他现在所在的建国门外外交公寓，正是70年代建起的又一批外交人员居住区。

"程老师提到的那四幢小楼，已经在1996年拆除，重新建设新楼了。"北京外交人员房屋服务公司齐家园物业管理部张跃经理说，在1998年之前，齐家园外交公寓的主要居住者是各国驻华使馆外交官、联合国驻京机构、在华登记的外国记者和世界银行系统的工作人员。

1998年之后，由于涉外公寓逐渐增多，外国人被允许在朝阳区范围内租赁办公房屋。尽管如此，齐家园外交公寓里的外交官、联合国机构组织和外国记者，依然占常住人口的80%，"他们选择这里，主要是因为安全、方便"。

60年60人·1959

1959年——我在观礼台

蔡援朝，收藏家，1951年出生于北京

建国10周年的国庆节请柬和胸佩存世的很少，1950年、1951年的国庆节请柬、胸佩都是孤品，都在我手上。一般国庆请柬多数是由周恩来作为国家总理发出邀请，但因为是建国10周年大庆的原因，请柬底下落款了六个人名字，以示隆重。

一般国庆请柬上邀请出席时间是9月30日，地点在人民大会堂，建国10周年的时间是"9月28日下午3时半和29号下午2时半"，一下子邀请了两次。请柬还附着小字：附送观礼证一张，观礼人员注意事项一份。

观礼台上需要佩戴的出入证，也叫胸佩，俗称胸条，是丝质的。一般来说，国庆观礼上记者的胸佩是方形的，和代表们不一样，可以出入方便。胸佩的正面，都有国徽，国徽下面是"庆祝建国十周年"的小金字，而9周年国庆时的胸佩正面就写着"国庆"两个字。

下面盖的章也不一样，10周年的章是"庆祝中华人民共和国建国十周年筹备委员会"。10年大庆时的正规程度已经很高了，胸佩上都是烫金的印刷体字体，可早期没那么正规、隆重，1951年的是柬书，1982年的是手写体。

10周年在天安门前设观礼台八座，1956只设了六座，规模大了许多。请柬附有观礼人员注意事项，要求观礼人员在指定台内观礼，观礼券不得转让之类。还有"请勿携带小孩进入会场"的规定，但是那一年国庆我八岁，我也上了观礼台，我记得那时也不止我一个小孩上观礼台。

▲除了国庆节庆祝大会的请柬和胸佩之外，蔡先生也收藏有1959年国庆的观礼请柬。请柬上写着："定于10月1日上午10时，在天安门举行阅兵和群众庆祝游行大会，届时敬请光临。"

见证人·1959

1959年6月6日，北京妇产医院建成开诊，林巧稚任院长。现年84岁的王孝端女士从建院起就在该院产科担任住院医师，"文革"后又担任产科主任。她和她的护士同事刘建为我们一一细数妇产医院的早期工作，并介绍了安东尼奥尼在《中国》中所记录的"针灸剖腹产"。

《中国》里的针灸剖腹产源自妇产医院

我是四川人，20世纪50年代末在北京妇幼保健实验院工作。这时陈本贞院长跟当时的北京市市长彭真提出，妇幼保健医院太小了，只有儿科和产科，没有妇科，要为妇女办一个大医院。这个提议一被上级同意，我就知道我肯定是要过去的，因为我是院里当时被卫生部派出去"深造"的三个医师之一。

医院选址在杨沫旧宅

北京妇产医院的选址考虑了很多地方，为了方便孕妇，最后选在了位于市中心的骑河楼，我记得那儿原来有个小庙，好像占了杨沫的宅子吧，说是捐给国家妇女事业了。

筹建的时候，有人负责买医疗器械，还有人去上海参观了当地先进的医院。医院调来了当时北京市妇幼保健实验院、北京协和医院和中国医学科学院工作经验丰富的医师。

1959年6月6日，妇产医院成立，万里同志来剪的彩。庆典仪式举行的当天下午，北京妇产医院迎来了第一个病人——新华书店的冯淑珍，当天晚上就顺利生下了第一胎婴儿。

妇产医院的病人最多的还是女工，都是合同单位的职工，当然也有首长的女儿、儿媳妇等等，华国锋的女儿就在普通病房里和其他几位孕妇一起准备分娩。当时医院里也没有特殊病房，也不兴护工。

林巧稚走廊内"面试"医师

当时的工作是三班倒,那时候没有黄金周,也没有加班费。住院总医师和主任医师,一天往往要做几十台手术,护士也是一刻不得闲,连副主任护师刘建,也要在产房随时听胎心……

每逢林院长查病房前,我们这些住院医师往往通宵达旦地准备病历、看书、背化验指标等数字,怕她提问,怕答不出来。林院长问得特别详细清楚,有时候问得大家哑口无言。直到今天,我还记得林院长当年查房时候的壮观场面———走廊的医生,都在专心听院长的教诲。

林巧稚院长虽然对大家要求严格,但都是为了病人着想。冬天她总是先将冰冷的手搓热后再检查病人,用手焐热听诊器后再做听诊,甚至将产妇的会阴垫,拿到鼻子前闻闻有无异味。

有一次她和医生们讨论病历,大家都说用手术。她说:"你们什么都想着手术,女同志的每个器官都有用处,安排精妙,不能随便动手术,要运用自己的手、眼去观察病人。"

最早采用针灸麻醉产妇

当大夫累,当妇产医院医生最累。当时我们工作忙起来,都不太坐电梯,直接跑。记得有一个病人,抢救时连血压都没有了,我是O型血,就赶紧跑去抽血,抽出来后,抱着热乎平的血袋就跑上来。病人抢救过来后,家属给我送鸡蛋,立即被我拒绝了。

这么多年来,我和另外一位产科主任黄醒华,因为都是O型血,不知道给婴儿义务输了多少次血。当时献血后也没条件补补,但你看我活到现在,身体还挺硬朗,所以献血对身体影响不大。

针灸麻醉剖腹产,是我们医院"文革"时最早实行的。当时提出北京妇产医院要成为火车头,外宾来参观妇产科,基本上都会来我们院考察针灸麻醉剖腹产,这个项目当时比较红火。当时手术台上方是个玻璃顶,参观、学习的人都在玻璃顶上方往下看。针麻不用麻药,也没有什么麻醉意外,生理扰乱少,病人手术后恢复也快。但现在的镇痛不用针麻,改局部麻醉了。

后来,医院的病房越来越多,建立计划生育病房后,以前很少有的中期引产也多起来,两个病房住得满满的,多是未婚女青年。

1960

红星人民公社
The Red Star People's Commune

关键词：红星人民公社　下放劳动

1958年8月上旬，毛泽东到河北、河南、山东等地视察时说："'人民公社'前面可以加上地名，或者加上群众喜欢的名字。"人民公社曾是计划经济体制下中国农村政治经济制度的主要特征，它既是生产组织，也是基层政权。红星人民公社曾是北京重要的粮食和副食品基地之一，随着市场经济的建立，"公社"一词在20世纪80年代中期被"乡"或"镇"取代。

"一夜之间就公社化了"

1955年10月30日,《北京日报》刊发了中共北京市委农工部、北京市农林水利局等联合规划组整理的《红星集体农庄全面发展的规划》全文,同时,毛泽东为该文写下了一段按语。

此后,到1956年1月,出现了红星、金星、曙光、晨光、旧官等5个高级社,被称为当地的"五面红旗"。而在1954年10月14日,附近"五面红旗"后陆续成立的五里店农场、和义农场及南苑畜牧场,已合并组成了南郊农场。

"思想赶不上变化"

1955年冬天,时年30岁、原任西郊农场场长的赵彪被调入南郊农场。他所在的西郊农场是北京模范农场,而他也有好几年搞蔬菜种植的经验,最终被调任为南郊农场场长。

"当时的南郊农场有4个分场,三万两千多亩耕地,以种植和牲畜饲养为主。但除去水稻和棉花外,其他经营状况并不算好。'无农不稳,无工不富,无商不活',于是根据在西郊农场积累的'一业为主,多种经营'的经验,在原有基础上又搞起了很多副业,像砖厂、化工厂、电工器材厂、链条厂等。考虑到扩大生产需要土地,我又新收了周边农村4个队,让农民带地进来,转成了工人。"

赵彪回忆,这期间,曾长期在新疆搞屯垦戍边的农垦部部长王震对南郊农场给予了大力支持,"苏联支援的物资一拉就是几十吨。没多长时间,我们的年利润就达到将近500万块"。

"此时红星集体农庄的情况也不好,尤其经过1956年的大水灾后,算下来,那里的劳力出工一天,农庄就要赔4毛钱,不劳动反倒好一些。所以,1957年,市委刘仁书记找到我,要南郊农场把红星接过来。正考虑中,形势已经发生了变化。"

这是在毛泽东批评"小脚女人"现象(指从初级社向高级社过渡缓慢、不够积极的情况)后不久,"没想到一夜之间就来了个更大的,公社化了"。1958年8月,毛泽东去河南新乡七里营大社视察后,很快就做出了"人民公社好"的指示。"说实话,我们的思想根本赶不上变化,还在迷迷糊糊中,南郊农场就和包括红星在内的几个高级社合并组成了'红星人民公社',王震部长亲自主持了成立大会。"

▲1960年11月20日,古巴国家银行行长格瓦拉和红星公社幼儿园的孩子们在一起。(新华社记者李基禄 摄)

◀前页 曾任南郊农场场长的赵喜英带记者来到德茂庄的麦地,这也许将是"红星"最后一片麦地了。

"好汉不挣有限的钱"

新组建的红星人民公社总面积扩展到100多平方公里，拥有13万多亩耕地（后来又有周边农村生产队陆续加入）。南郊旧时是皇家苑囿，土地起伏过大，很多地方不适合搞机械化大规模生产，因此公社成立后，首先平整土地，并划成许多五百多米长、二三百米宽的大块。

"公社成立速度虽然很快，但不少人也有顾虑，穷人自然愿意加入，但稍微富些的，不甘心财产归公，所以并不积极。调动大家的积极性，是公社必须要考虑的问题。"赵彪说，"定额管理、责任到人、插牌定垄、有奖有罚就是我们采取的办法。原来在西郊农场，我就搞过定额管理。"

所谓"定额管理、责任到人、插牌定垄"，就是把不同岗位和工作内容，都折算成一定工分，分到每个劳动力身上，这样每人一年管多少亩地都清清楚楚，哪个地块归谁管理也都在地头立个牌子标记清楚。"好汉不挣有限的钱。我们鼓励大家超额完成任务。奖励采取累进制，超得越多，奖励比例也越高（有上限）。罚也很明确，比如亩产事先定量500斤，结果打了400斤，那就要按比例，从工资中扣除一部分充公。但为保证生活，罚的比例最多不超过20%。"

后来曾任旧宫分场党总支书记、现年75岁的董履钦也记得，在牛奶场工作，也采取类似奖惩办法，每超额完成1斤奶，奖励3分钱。"不过，那时没把钱发到大家手里，而是买了11万斤小麦、13万斤水稻放到仓库。后来把粮食一发，大家都乐了。"

因为奖惩有度，大家的劳动积极性都很高。"天还没亮，社员就自己下地了，为了相互竞争，有的甚至偷偷加班加点。所以即便在困难时期，红星人民公社也没有大面积减产，更没出现过人员浮肿情况。我们的口粮定得也比其他地方高。"赵彪说，"这跟我们在浮夸风刮遍全国的时候没有跟风也有关系。当时公社是由粮食局统一算账，刨去口粮、种子粮和饲料粮等，其余要全部上交。所以，虚报得多，上交也多。刘仁书记听说某地小麦高产几千斤后，曾问我，你们这儿庄稼长得更好应该产量更高吧；我说我们只能达

纪事·1960

1月7日 国务院决定：撤销北京市的昌平区、通州区、顺义区、大兴区、周口店区，分别设立昌平县、通县、顺义县、大兴县、房山县。

2月10日 北京市停止供应零售民用絮棉。

3月8日 北京广播电视大学成立，吴晗任校长。

4月8日 中共北京市委就当前进一步组织城市人民公社问题向中央作报告，报告说，要组织城市人民公社。

6月26日 首都群众在北京工人体育场集会，庆祝中国登山队胜利征服世界最高峰——珠穆朗玛峰。北京地质学院毕业的王富洲也登上了峰顶。

8月1日 中国人民革命军事博物馆开馆。

9月1日 华北最大的水库——密云水库建成。

10月22日 中共中央发行《关于增加全国重点高等学校的决定》。全国重点大学从20所增加到64所。

11月8日 北京市文化局和宣武区委在荣宝斋开会，决定恢复琉璃厂文化街。

到四五百斤。其实,他对这些所谓的'卫星'也抱着怀疑态度。"

"外宾来了就是看'红星'"

1960年1月8日,北京市委就红星人民公社从集体所有制向全民所有制过渡的试点情况向中央作出报告,同时决定,在其他10个人民公社继续进行试点。8月11日,在朝鲜解放15周年前夕,红星人民公社与朝鲜宅庵朝中友谊合作农场结为友好农场,被正式命名为"红星中朝友好人民公社",成为北京对外接待展示的重要窗口。

"现在外宾来到北京是看长城,那时来了就是看'红星'。"赵彪自豪地说,在1960年后的几年中,他就先后接待过古巴革命家切·格瓦拉、朝鲜委员长崔庸健、印尼共产党总书记艾地、缅甸总理吴奈温等多批国际友人。

"红星人民公社的体制其实是一种'小全民、大集体'。全社'一条船、一本账、一个方向',社员按劳力折算工分领取工资。下面又设队,村则是基础单位。这样,既可以发挥全民优势,以先进的国营农场带动周边落后农村的发展,但又不是纯粹的吃大锅饭。"1961年进入红星人民公社,后来曾出任南郊农场场长的赵喜英说,"这也为以后的场乡体制改革留下了后路,1998年,全民和

▲左 1960年7月,北京农业大学植物保护系学生和红星人民公社社员一起,用喷粉土炮消灭菜田里的害虫。(新华社记者 喻惠如 摄)

▲右 现年84岁的原红星人民公社老主任赵彪目前住在亦庄颐养天年。他说:"这里过去也是我们农场的地。"

集体分离，农场的归农场，集体部分则退回地方。"

红星人民公社（南郊农场）也曾位列"三区一社"（三区是海淀区、朝阳区、丰台区）之中，是北京重要的副食品基地之一。赵彪记得，1959年，经济困难初露苗头时，毛泽东曾明确指示，一定要保证供应北京每人每天4两蔬菜。于是，当年，红星人民公社就毁掉34000多亩已经结穗的玉米，改种大白菜。之后红星公社基本保证每年种植12000~15000亩蔬菜，另外还有大量的水果和鸡鸭鱼肉。"红星供应的牛奶就曾经长期占北京鲜奶市场的三分之一以上。"赵喜英说。

60年60人·1960

中国登山队
单独成功登上珠峰

王富洲 男，74岁，中国最早的登山运动员之一，1960年5月25日成功登顶珠峰。现为中国科学探险协会副主席，中国登山协会顾问。

1958年，我从北京地质学院提前一年毕业，作为科考人员被选入组建中的中苏联合登山队。后来得知，应苏联百名登山运动健将的请求，中苏两国作出了联合登顶珠峰的决定。但后来，因形势变化，计划一再推迟，直到1959年底，中印关系恶化，苏联借故退出。"任何人也休想卡我们的脖子。咱们共产党人就要争这口气！"时任国家体委主任的贺龙说，并决定按原定时间，1960年3月，由中国登山队单独行动。

连续进行了四次突击，付出了人员伤亡等惨重代价，我们才终于成功。这也是人类历史上第11次尝试从珠峰北侧登顶，并首次获得成功。之后，拉萨举行了夹道欢迎大会，拉萨一半以上的人出城相迎。

王富洲获得的"国家体育运动荣誉奖章"

不久，登山队返回北京，在工人体育场举行了庆功大会。在那次会上，国家体委给我们三人（另两人为屈银华、贡布）颁发了奖状和这枚代表最高荣誉的国家体育运动荣誉奖章。其实，我们的奖是由其他人代领的。登山过程中我们都受了很重的冻伤，一下子从山上零下二三十摄氏度回到北京零上二三十度的环境中，温差太大，不利于恢复和治疗，所以暂时留在了西藏的医院接受治疗，直到9月中旬，才回到北京。先是在友谊医院接受康复治疗，等到10月1日，我们被邀请坐到了国庆观礼台上。我们国家也没有忘记在准备登顶过程中曾作出重大贡献的苏联登山运动员，1961年底，给他们颁发了"征服珠峰金质奖章"。

见证人·1960

王曾瑜 70岁，上海人，1957年考入北京大学历史系，1960年秋至1961年初在昌平十三陵农村下放劳动。1962年大学毕业。曾任中国社会科学院历史研究所研究员、博士生导师，中国宋史研究会会长。

在十三陵农村"教学改革"

从1957年"反右"开始，在随后的三年时间中，北大各院系竞相推出新奇的教学改革方案，下乡劳动就是其中之一。这期间运动和劳动不断，正常的教学秩序却几乎荒废。1960年下半年，大饥荒形势越来越明显，北大以前下乡的同学陆续返校，教学秩序才逐步回归正常。但我所在的历史系党总支还是继续推行所谓"教学改革"试验，决定将我们1957级学生和部分青年教师派到十三陵农村，在那里劳动锻炼一年。

早晚吃两顿　中午喝山泉

我被分配的地方叫黑山寨，那是一个美丽的山村，除粮食外，山上还有很多梨、栗、核桃等。我们参加秋收，农民非常厚道热情。记得有几个坡很陡，我个子高下坡困难，几个小青年就扶我下来。但他们也讲人民公社体制下的各种弊病，经营不善，造成粮食和果品减产。

1960年我们下乡前，学校食堂已按定量打饭，开始出现不够吃的现象。下乡不久，又接到上级指示，要削减定量。我们这些正值青春期，又要承担体力劳动的学生确实难以承受。但大家也有应对办法，每天只吃早晚两顿，中午在山里饮泉水，吃野果，比如酸枣等。秋收后还可以吃饱，可冬天野果吃尽，只能挨饿。不少同学得了浮肿病，我的胳膊瘦得用大拇指和食指就可捏合。由于热量不够，脚上生了很厉害的冻疮。

有段时间，进行所谓"教改"，我被派去协助顾文璧先生到十三陵附近的村里调查。我们几乎走遍了陵区的村庄。几天换一个村，甚至一天换一个村。一天上午，我们背负行李，前往一个村庄。他走得气喘吁吁，撂下背包，躺在大石上说："你知道吗，我过去人称'坦克车'，现在不行了！"我感叹说："看来你这辆坦克车没油了！"我看不下去，送了他二两粮票，他当时连声道谢，后来又多次道谢。

为登长城每天省一两粮

当地村民常对我们表示歉意说，叫你们这些大学生受罪了。一天，我在一位老大妈家里，她拿出半块糠饼，一定要我当面吃下，说不吃大妈就不高兴了。其实他们的日子比我们更难，一个壮劳力还不及大学生的粮食定量。在寒冬腊月，村里三天两头死人，死的大都是老人，其实是在饥寒交迫下，染上感冒，便成了不治之症。

有一次，我随顾文璧访问小胡庄的女支书，她说，以前饥一顿，饱一顿，如今虽然粮食紧张，还够吃。顾文璧要她计算一下口粮额，以便作对比。第二次我一个人去记录，那位女支书说，她经过认真回忆，以前口粮额比现在还要高些，但当时没匀着吃，所以感到不够。

在下放劳动期间，最值得回忆的是游长城。早就听当地农民说，离黑山寨不远的黄花城段长城修得好。我们一群男生为了此行，每天减一两粮食，到1961年初，方久中等同学为我们做饭，大约是饺子，叫大家敞开吃。越饿胃口越大，如果真要吃饱，男生一顿一斤半粮肯定不够，眼看女生要没吃了，我只能收敛自己的馋嘴。

我们来到那段长城，沿着满布荆棘的城墙往上爬，我的裤子给荆棘钩破，大家爬得上气不接下气。走进高处的望楼里，严寒的穿堂风更加猛烈，猛烈到令人难以承受。我初次设身处地体会到古代边防军士的艰辛。我们走下山，城门下是一条古代的通衢，不远有一个古城堡，四方形，城墙坚厚。我们走进城堡，才发现城里只有十字形的两条路，连接四个城门。街道两旁全是古色古香的砖瓦房。

如今，听说这里早已变成了一个著名的旅游景点，只是经历过"文革"，我不知道当年的印象是否还能完整保存下来。

北京1949~2009大型城记 大城记事

大城记

1961

第一批文保名单

Protections on cultural relics

关键词：第一批文保名单　第26届世乒赛

在经历了11次易稿和激烈讨论之后，《文物保护暂行条例》出台，180处全国重点文物保护单位名录（包括名胜古迹和革命圣地等）也被公布。评选标准则兼具了对历史、艺术和科研价值的全方位考量，申报和遴选的过程折射了上世纪60年代初新中国的主流历史观。

5000年古国的第一份文保名单

1961年，遍布全国的180处文物古迹被列入文保名录，这是新中国对自己身份（文明古国）的一次确认。48年后，这些文保单位大多修缮完好。

"这个会议我不能主持。我们中华民族5000年的文明史，你们只提出180处需要保护，如果这个名单今天通过了，我对不起祖宗和子孙后代，以后人们提到这个会，会骂我"——

5000年 VS 180处
11次易稿的"文保条例"

1960年，主持105次国务院全体会议的陈毅看到了第一批全国重点文物保护单位只有180处，说出了上述看法。当时的国务院副秘书长、文化部党组书记齐燕铭站起来做解释说，这只是第一批，以后还会陆续分批公布，而且文保单位也分各个级别。陈毅这才答应主持这项会议。

一年之后，国务院颁布了《关于进一步加强文物保护和管理工作的指示》和《文物保护管理暂行条例》，并同时公布了180处全国

▶ 文物专家谢辰生先生曾经负责起草《文物保护管理暂行条例》并参与了180处文物保护单位的遴选，条例和名录于1961年公布。

重点文物保护单位。

当时在文化部文物局文物处担任业务秘书的谢辰生（文物专家、中国文物学会名誉会长、国家历史文物名城专家委员会委员、国家文物局原顾问、中国考古学会名誉理事）松了口气，重任卸身：从1959年开始，他负责起草《文物保护管理暂行条例》起，经过和建设部等各部门协商、办公会议讨论、一干文保专家提问、再修改，再到最终在国务院全体会议上通过，整整修易了11稿。

群众发掘 VS 大跃进反思
连缀国民政府文保法与文物法

在此之前，1950年10月24日，中央人民政府政务院颁布了新中国成立后的第一个文物保护法令——《禁止珍贵文物图书出口暂行办法》，同时，颁发了《古文化遗址及古墓葬之调查发掘暂行办法》、《关于保护古文物建筑的指示》、《关于管理名胜古迹职权分工的规定》、《关于地方名胜古迹的保护管理办法》等。这些行政法规、行政规章等，都是有什么事办什么事，是对具体问题的具体解决。

光有这些单行法规是不行的。谢辰生回忆说，《文物保护管理暂行条例》的出台和180处"国保"单位的确立，是针对1958年大跃进时许多不切实际的言行作出的反思。比如当时要县县搞博物馆、县县办展览、群众搞发掘，这些都是不符合客观实际的。还有一些诸如"人人画画，人人跳舞，人人作诗，每个人都是郭沫若……"这样的要求。

大炼钢铁时人们砸毁了不少文物，这些做法强迫着人们去反思，需要一个基本的文物保护法令，来使得文物保护工作更具有可操作性。"文物保护的基本原则肯定是不因国家、族别、意识形态、社会制度而有差别的，同样也不会因为市场经济环境下就变了，因为当时学习的就是实行市场经济国家的制度。国际上，就是因为对产业革命、第二次世界

▲上 萨迦寺北寺在"文革"期间被毁，现在正陆续进行重修。（nosavory 摄）

▲中 第一批文保名单中设有"革命遗迹"，其中的韶山冲，如今已成为红色旅游的热土。（秦楼 摄）

▲下 北海团城是首批文保名录中的北京古迹之一，白袍将军的文保故事尤其多。

大战后文物遭到大破坏的反思，国际社会才逐渐形成了国际公约。"

当年《条例》的起草过程，谢辰生借鉴了1930年国民政府制定的第一部文物保护法规，以及同时期法国、意大利、埃及、印度、日本等古国的文物保护法规政策等等。而《条例》作为新中国第一个综合性文物保护法规，是"文革"后制定的文物法的前身。

"从《条例》颁行之日起，中国文物才正式进入法制轨道。后来1963年文化部颁布的一系列文物古迹的保护管理修缮'办法'，都是以贯彻《条例》为中心的具体执行。而180处全国重点文保单位的确立，是在条例颁行的前提下同时进行的。"

国家级 VS 省、县级
梁思成的"简目"提供参考

早在1953年时，当时的文化部文物局局长郑振铎就提出："要将我国文物彻底调查清楚，对那些有价值的，要保护下来。"新中国成立后就在国家文物局任职的文物保护专家罗哲文先生回忆说，1948年解放军进入北京城时，古建专家梁思成先生和营造学社已经在着手调查和研究中国古建情况，录有450处古建筑的《全国重要建筑文物简目》更是赫赫有名，它为第一批全国重点文物保护单位的挑选提供了重要参考。

1956年的农业合作化过程中，中央曾经印发过一个记有8000多处文物保护单位的名单，在此基础上，同年4月，国务院在《关于在农业生产建设中保护文物的通知》中提出："必须在全国范围内对历史和革命文物遗迹进行普查调查工作……分批分期地由文化部报告国务院批准，置于国家保护之列。"

谢辰生说，这是新中国第一次提出要进行文物普查和建立文物保护单位。从建国到现在，整个文物保护工作，虽然争论很激烈，但是一直没有改变方针政策。他举例说，在"文革"中，国务院还发出了一个关于在"文化大革命"中保护文物的通知，"文革"后，最早恢复工作的也是文物部门。而第一批公布的全国重点文物保护单位中，只有一处，是在"文革"后期，被文物所在地的军代表破坏了。

纪事·1961

2月20日 北京工人体育馆建成。

3月4日 国务院公布《第一批全国重点文物保护单位名单》。

3月20日 北京市人委发出《关于开展利用空闲地大种蓖麻群众运动的通知》，号召全市人民见缝插针，大种蓖麻，支援国家社会主义建设。

4月4~14日 第26届世界乒乓球锦标赛在北京举行。中国男子乒乓球队获团体冠军，庄则栋、邱钟惠分获男女单打冠军。

7月1日 中国革命博物馆和中国历史博物馆同时开馆。

7月22日 北京象牙雕刻厂老艺人集体创作完成大型象牙雕刻——《新旧北京》。

8月8日 当代戏曲艺术家、中国戏曲学院院长、中国京剧院院长梅兰芳因病在北京逝世，终年67岁。

8月 北京东直门外幸福村、西郊八宝山和通县范庄3座火葬场先后建成并交付使用。

《条例》的出台，确立了文物分级别保护的政策。时任国务院副秘书长、文化部党组书记齐燕铭提出文物分级时可以用省级、县级文保单位的专有名词，但是不要用"国家级文保单位"这个称呼。如果因为成为"国家级文保单位"后地方不管，那文物保护也就成了空头支票。必须增加地方的责任以切实保护文物，使用"国家级文保单位"这个名称，使得文物不再是六个级别，而是全国重点文物保护单位拆迁、修缮等都要经过国务院审批，地方上负有管理责任。

共识 VS 异议
入选单位中唯一的"争议"

180处第一批全国重点文物保护单位中，赫然在列的北京地区的文保单位有：故宫、颐和园、北京大学红楼、卢沟桥、天安门、人民英雄纪念碑、房山云居寺及石经、妙应寺白塔、真觉寺金刚宝座（五塔寺塔）、居庸关云台、万里长城——八达岭、天坛、北海及团城、智化寺、国子监、雍和宫、周口店猿人遗址和十三陵等处。

"当时请了很多专家、社会名流讨论，名单中的180处文物当选完全没有争议，都是全国最顶尖、最好的文物。如果硬说北京因为首都占有地缘优势的话，那也仅仅是因为北京作为六朝古都和新中国首都，它所拥有的文物的知名度太高了。"谢辰生说，和后来"国保"单位的确立过程中就历史、艺术、科学价值上的争议相比，这180处文保单位当选，完全没有任何异议。

"都是些公认的真正的'国宝'，比如说故宫的价值，是不需要论述的。"从地方申报，集中到国家文物局审批、选择，再追问第一批国保单位的选取标准，就是"最好的"。它也许更多依赖于感性认知上的知名度和认知度，却是最无可争议的。后来随着文物普查工作范围的不断扩大，逐渐深入，才会有更多的文物进入挑选、勘测的专家的视线，勘测标准才慢慢得到细化。

33个"革命遗迹"陈列在第一批"国保"名单中，而革命遗迹这个概念，从新中国成立后第一批征集革命文物令，到"国保"名单中的革命历史遗迹的分类，"红色革命"的色彩浓重。谢辰生先生说，这个概念从第一次提出后,逐渐经历了内涵、外延的不断延伸,后来,像重庆渣滓洞集中营等也成为近现代史史迹。

报周总理审阅时,总理在赞成修改后的条例后,提出一个意见:南昌起义可以不要作为革命文保单位。因为涉及他本人功勋的,他都不要。有人提出异议,周总理解释说,南昌起义打响了反对国民党反动派的第一枪没错,但是当时我们走的仍然是城市路线,而事实证明,正确的路线是在秋收起义后由毛主席提出的"农村包围城市"。而第一批"国保"名单中并没有将秋收起义列入。谢辰生回忆说,这也许是针对第一批"国保"单位名单的唯一一个"争议"了。

在通过《条例》以及确定第一批"国保"单位180处的国务院会议上,陈毅提出:"保护文物问题,宁可保守,不要粗暴。保错了,随时可以纠正,但是拆错了,是无可挽回的损失。"随后,他质问北京市为什么将西单双塔寺的双塔给拆掉,并提出批评。提出文物保护原则,就是一定要保持它的原状,保住它的古趣,不能对文物进行社会主义改造。从这个角度讲,陈毅觉得《条例》在比如对建设部门的某些问题上有点"通融",随即提出修改意见……

60年60人·1961

昔我往矣 杨柳依依

文立道,81岁,西城区三里河东路居民

1961年时,我在当时的北京市规划管理局市政处工作,从50年代末到1965年前,我都在做对北京河道的普查工作,以便于下一步的防洪改造等市政建设规划工作。这两张照片一张是拍于西便门附近,如果不说这里是北京,看着河中的湖心岛,河岸两边的杨柳依依,河里可以看见树影摇曳,你会以为这是在江南。还有一张照片拍于宣武门西的护城河畔,能看到不远处的宣武门城楼,还能隐约看到宣武门教堂的顶。现在河道早已消失,照片所在的位置,早已面目全非。

◀左　宣武门附近的护城河。

◀右　西便门附近的前三门护城河。

见证人·1961

"记得当时有大型表演、简短讲话,热烈场面不亚于2008年奥运会开幕式。"——1961年,第26届世界乒乓球锦标赛在北京举办,庄则栋、邱钟惠分获男女单打冠军。满头银发的邱钟惠女士在自己位于体育馆路上的体育用品店内接受了《新京报》记者专访。

用冠军回馈吃槐花的人们

1959年,容国团为新中国夺得第一个国际性体育赛事冠军后,我们国家申办了第26届世界乒乓球锦标赛。当时乒乓球运动才刚刚起步,1960年,贺龙从全国各地挑选了108名乒乓球选手到北京集训。

槐花和奶粉

当时我们的伙食费一天一块五,一桌四菜一汤,每人一月50斤大米,我根本吃不完,当时根本不知道外面正处在困难时期。

记得有一天,我在朝阳区神灯路上,看到几位老百姓拿着竹竿在揪树上的槐花,我跑过去问他,老乡,花长在树上好好的,你干吗把它打下来?他们的眼睛瞪得大大的,对我说:你是天上掉下来的?现在国家正是困难时期,全国都吃不饱饭,我们把槐花掺到面里当粮食吃……

我当时一下子血涌到头顶上,脸羞得通红。才知道我们得到的特殊待遇是来保证营养的。回去后,我写日记道:多么好的人民,多么伟大的人民。他们就是饿肚子,也要支持我们,给我们吃鸡蛋、吃罐头肉。我一定要为祖国争光,为人民争气,哪怕少活20年也值得。

多年后,我姐姐告诉我,我在困难时期寄给她的三桶奶粉,拯救了自己刚出生的孩子。我说姐姐你当时为什么不告诉我?姐姐说,当时我们不敢打扰你,怕跟你说了,让你分心,打不好球。

男要交际草,女要交际花

到1961年时,我们已经为这项第一次在我们国家举行的国际性比赛准备了两年，高层领导都很重视，贺龙亲自过问，了解每个中国运动员的情况，连我过度疲劳发低烧都知道。

比赛之前，就有领导给我们运动员做动员，说我们不仅要学会打乒乓，还要搞外交，男运动员要成为交际草，女运动员要成为交际花，要主动、要热情、要大方。于是我们下面笑得不行了，因为"交际花"当时是贬义词。当时资本主义国家来得很少，美国的乒乓球运动并不发达，但却派队来到中国，这是美国人第一次拜访新中国。据说，美国人以为中国闹饥荒，所以带来好多罐头，来了之后才发现伙食很好，最后都丢在宾馆里了。

虽然美国人第一次来中国，但是很多人我们在国际比赛上见过，牛伽登一见到我就喊 hello Ms Qiu，人家也很主动、热情、大方。

贺龙拍板 邱钟惠进决赛

半决赛时，自己人跟自己人要拼掉一个，于是部分领导的意见是让我下。于是将意见报告给贺龙，贺龙说，不行，你们多没眼光，哪怕输也要让邱钟惠上，邱钟惠那么勇敢，她有那股拼劲，有股顽强劲。

王健在半决赛时让给了我，当时我并不知道背后有这些不同的意见、贺龙老总最后拍板这些事情，这是很久之后我才知道的，但如果当时领导找我谈话，让我输给王健，我也肯定会毫不犹豫让给她上的。

决赛是我和高基安对阵，打满5局，最后一局尤其艰苦，我比分落后，但却采取了发球抢攻……最终举起盖斯特杯。

那时候倒不是想什么个人荣誉，只是觉得团体冠军我们没拿着，一定要为国家拿一个单项冠军，才能对得起那些吃槐花饿肚子供我们打球的人们。

比赛结束后，在北京饭店，为我们举行了庆功会。这是我第一次跟总理跳舞，他特别亲切，舞也跳得特别好。我们还进了中南海，邓大姐设宴款待我们。运动员很少喝酒，周总理就给我们"敬菜"，他的手伸不直，但精神很矍铄。

新中国首都60周年
北京地理
北京1949~2009大型城记 大城记事

大城记

1962

东方歌舞团

The song and dance diplomacy

关键词：东方歌舞团　第一届百花奖

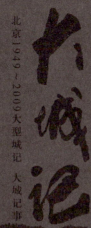

东方歌舞团是1962年1月成立的文化部直属歌舞团，它坚持"以我为主"的方针，把中国传统民族民间歌舞艺术和表现现代中国人民生活的音乐舞蹈作品介绍给国内外观众，同时把外国歌舞艺术介绍到国内。40多年来，歌舞团足迹遍及祖国各地，并出访过五大洲70多个国家及地区，它所代表的"歌舞外交"为新中国与国外的文化交流作出了贡献。

▲左 张均在建团之前就是"东方班"的舞蹈教师,从1954年开始与东方舞结缘起,她亲历了东方歌舞团从孕育到组建、发展的全过程。除"东方班"的师生以外,东方歌舞团刚组建时还调来了各地的文艺尖子。

▲右 歌唱家王昆以及内蒙古的莫德格玛、新疆的阿依吐拉、云南的刀美兰、跳朝鲜舞的崔美善等都成为了东方歌舞团的台柱子。

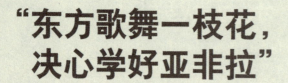

"东方歌舞一枝花,决心学好亚非拉"

"东方歌舞一枝花,决心学好亚非拉,一心一意听党话,誓把一生献给她。"在东方歌舞团内,这是一首人人耳熟能详的团歌,而对于现年74岁的该团一级演员张均来说,它更维系着许多刻骨铭心的记忆——周总理亲自修改定稿了这首团歌。

那是在东方歌舞团成立两年之后的1964年3月,刚刚出访非洲十国回到北京,"还没有向中央汇报",周总理就在中南海紫光阁召见了歌舞团的全体演员:"这次去非洲,激起了我们这些'老马之志',你们是搞亚非拉的,更应该动心。"要求大家深入到亚非拉地区,学到第一手资料,"四海为家,志在千里"。歌舞团两位演员随即念了一首快板诗(后来的团歌)表达决心,总理听到"誓把青春献给她"后,高兴地笑着说:搞东方歌舞事业,光献"青春"是不够的,而是要献出"一生"。

新中国首次东方歌舞表演

1954年下半年，就在万隆会议后不久，上海歌剧院的舞蹈演员张均突然接到通知，要她参加文化部组织的新中国第一个文化代表团，前去印度、缅甸、印尼三国访问。临行前，周总理接见了代表团成员，并指示说："你们去不光要介绍我们的文化，也要学习人家的文化"。

"这次出访中，我第一次接触到了东方舞蹈。对于这几个国家的舞蹈那种'慢吞吞'的节奏很不习惯，学习也不情愿。为了躲过学习，有时甚至会装肚子疼。"张均回忆，"幸好带领舞蹈队的戴爱莲先生对大家要求很严格。几个月后，我们已经学会了两台外国歌舞。"

1955年，代表团返回北京后，很快组织了一场晚会，向总理汇报，地点就在紫光阁。"第二天，我们便被介绍到怀仁堂再次表演。毛泽东、刘少奇、朱德等中央领导都到场了。"张均说，"这也是新中国第一次进行的东方歌舞表演。"

一个中国舞者的"亚非拉"自觉

1957年上半年，随同苏加诺总统访华的印尼舞蹈团来到北京，周恩来指示要北京舞蹈学校派两个人随团学习。因为之前已接触过印尼舞，张均自然成了必选人之一。"这个消息，对我来说，简直像当头一棒，这意味着我要放弃向苏联专家学习的机会，再说那时觉得印尼舞又怪又土。"哭闹都不顶用，张均便开始消极对抗，印尼舞蹈团和另一位选定的随团演员于海燕乘火车出发去沈阳时，她竟然躲了起来。

事情汇报到文化部，副部长郑振铎派秘书把她接去谈话，说这是周总理下达的重要的外事任务，"我才带着愧疚的心情一个人拎着箱子赶往沈阳，下决心一定要学好"。印尼舞蹈团在广州举行告别演出的时候，张均和于海燕表演了刚学来的印尼峇厘舞。

不久以后，泰国艺术团来访。正是陪同泰国艺术团的三个月中，张均开始感到东方舞独特的魅力和规律了。所以，这年七八月份，印度代表团访华时，她主动找到文化部副部长夏衍，请求随团学习。张均的成名作《拍球舞》就是在这个时候学习的，后来东方歌舞团成立时，她表演的正是这个《拍球舞》。

"东方班"起步于印尼舞

张均和于海燕在印尼歌舞团告别演出上的表演很快汇报到苏加诺总统那儿。得知中国居然如此尊重被印尼视为国宝的峇厘舞，苏加诺向周总理建议，以他的名义选派四名专家来中国专门教授。周总理欣然接受，并再次把这个任务交到了北京舞蹈学校。1957年11月6日，专门为学习印尼峇厘舞而招生的东方音乐舞蹈班（简称"东方班"）在北京舞蹈学校成立，学生共有20名（舞蹈、音乐各10名），张均任舞蹈老师；同时，表演峇厘舞必不可少的、好几吨重的铜制甘美兰乐器作为苏加诺总统的赠品也随同印尼专家一起运抵北京。

"我们与印尼订的合同为一年。期满后，本来打算再请印度专家来授课。但是，1958年，因为中印边界问题，没能来成。戴爱莲校长就用之前访问印度时带回的一本婆罗多舞蹈书做教材讲解，我则在一旁示范。同时又把之前我们出访时学过的节目整理出来，并向国内出访过亚非国家的文艺团体'采风'、请教。就这样，掌握了近十个国家不同风格的节目。直到1960年请来了缅甸专家。"

大约半年后的1960年底，东方班被拉到新侨饭店进行汇报演出。"当时，新侨饭店是北京为数不多的涉外饭店之一。为什么会选择这个地方？大家都很奇怪。开场前，我们就听到幕前响起了一阵热烈的掌声。掀开幕布一看，周总理、陈毅副总理和文化部、对外文委的领导居然都来了。"

演出结束后，周总理走上舞台，笑着说："专家教得好，你们学得也好，不久我要率团去缅甸，你们都随代表团一起去！"张均等人愣了一下，很快便明白这些日子以来所做安排的意图。去缅甸之前，对外文委主任张致祥还特意找到东方班，问"你们都会什么"？张均们数了十几个国家的节目，张致祥立即要求把所有相关的服装、乐器等等全带上。

纪事·1962

1月13日 东方歌舞团举行建团典礼。该团以学习和表演亚、非、拉国家歌舞，增进中国和各国人民之间的友谊为主要任务。

4月17日 中国第4座大型琉璃九龙壁艺术品在北京制成。这是继大同、北京故宫、北海公园3座九龙壁之后的又一件琉璃巨作。它是为国外华侨制作的。

4月25日 北京市人委决定本市实行部分日用工业品凭"北京市购货券"供应办法。凭购货券供应的商品有55种。居民按每月工资收入的一定比例发给购货券。全市每月实发购货券约6000万张。

5月 中国美术馆建成。

11月1日 詹天佑纪念馆在京包铁路青龙桥老火车站建成。

本年 自1962年10月中共北京市委贯彻中央提出的"调整、巩固、充实、提高"方针以来，本市对工业进行关、停、并、转，共精减职工40万人（包括还乡务农和回街道自谋职业）。

"歌舞外交"加强国际认同

周恩来这次访问缅甸，是为了出席1961年1月在仰光举行的中缅边界条约互换签字的仪式，随访代表团共400余人，分10个分团，其中文化代表团最大，200多人，由总政歌舞团、云南歌舞团和东方班三部分组成。

开幕式在仰光最大的广场举行，除去总政歌舞团和云南歌舞团的节目以外，东方班表演了两个缅甸舞，上半场一个集体舞，下半场则由张均和赵世中合跳"缅甸古典双人舞"。令张均记忆深刻的是，当她和赵世中完成最后一个动作，正准备起身谢幕时，只见观众席上一个人边鼓掌边站了起来，紧接着，旁边的周恩来和陈毅也站了起来，顿时，全场掌声雷动。"很快我们知道，最早站起来鼓掌的那个人就是缅甸总理吴努。外交部礼宾司的同志跑到台上，告诉我们，应吴努总理的要求，周总理让你们再演一遍。"

第二天，缅甸各大报纸都在显著位置登出了张均和赵世中的大幅照片，并称他们是"来自中国的缅甸公主和王子"。"那也是我第一次切身感受到文艺对于外交的巨大冲击力。"张均说，"但这还没结束。"

1961年1月4日，周恩来回国前夕，在中国驻缅甸大使馆举行了盛大的告别宴会，邀请了各国驻缅使节参加。当晚的文艺演出上，东方班的师生12人又表演了14个国家的节目。每演到那个国家的节目，该国的大使便举杯向周恩来和陈毅敬酒致谢，"其中包括一些当时跟我们关系还不太友好的国家"。晚会的气氛极为友好融洽。

当晚送走客人后，周恩来特地把全团400多人留下，兴奋地说："我不知道我们还有这个家底。你们这些娃娃起到了我们外交家起不到的作用。这个事业一定要大大的发展。"张均后来得知，在第二天回国的专机上，周恩来又和张致祥谈起了东方班的演出，并提出了将东方班扩建成东方歌舞团的设想。

张均等人得知这个决定已是一个多月之后。那是1961年2月19日晚，东方班在缅甸巡回演出结束，回到北京之后，周恩来委托陈毅夫妇邀请他们来到紫光阁共进晚餐，为他们庆功。这次晚宴上，便宣布了组建东方歌舞团的决定。

▼上 1962年，东方歌舞团建团仪式上部分演员（黑人演员都是由中国演员扮演的）与周总理的合影。

▼下 缅甸总理吴努对张均和赵世中表演的缅甸舞感到"震惊"。

建团成为重要国际关系动向

"东方歌舞团刚组建时有70多人,除东方班的师生以外,还从全国各地调来了大批人才,都是各地的尖子。"1962年从内蒙古歌舞团调入的莫德格玛说,"比如新疆的阿依吐拉、云南的刀美兰、跳朝鲜舞的崔美善等等,还有歌唱家王昆,这构成了东方歌舞团第一批台柱子。"

1962年1月13日,经过几个月的紧张筹备和人员调集,东方歌舞团正式宣布成立。当时被任命为艺术委员会主任的王昆("文革"后曾出任东方歌舞团团长)记得,陈毅副总理代表周总理出席了建团典礼,并明确指出,东方歌舞团的主要任务是学习、表演中国优秀的民族民间歌舞,同时学习亚非拉各民族优秀的、健康的民族民间歌舞。"在当时美苏两个超级大国进入冷战的时代背景下,中国学习亚非拉、成立东方歌舞团的消息在国际上引起了很大反响,美联社也很快将这件事情作为重要的国际关系动向刊发了出去。"

1962年7月,在芬兰赫尔辛基举行的世界青年联欢节上,莫德格玛凭借自己的《盅鼓舞》一举摘得了独舞表演金质奖章,为东方歌舞团也为她原来所在的内蒙古歌舞团赢得了一份沉甸甸的国际荣耀。这期间,1961年8月被第二批招入东方班的朱明瑛等一代新人也正在悄悄成长,只等"文革"结束之后续写辉煌。

60年60人·1962

缝缝补补又三年
王亚荣,73岁,龙潭西里居民

我爱人是个画家,他给我画了不少画,这张是1962年的一天,我用我们的衣服,给孩子们改补衣服,那时候的孩子穿的基本上都是大人的衣服改的。补衣服是家常便饭,每件衣服上都有好几个补丁,破了就再补,为了结实,还扎上好多围针。那时候每家主妇都专门有一种袜板,将破袜子套在袜板上,好补脚指头上的洞。我们苦日子过惯了,现在也还是这样,孩子们的衣服不要了,我们改改穿,挺好的,比以前的日子强多了。

▲画中的王亚荣把大人的衣服改成小孩子穿的衣服。"现在是孩子们的衣服我们改改再穿。"

见证人·1962

1962年，第一届电影百花奖在《大众电影》杂志社的组织下进行了评选。这是我国电影史上第一次群众性的影片评选活动，也是新中国电影界一次令人难忘的聚会。今年88岁的沈基宇先生，曾为北京电影制片厂《电影创作》高级编辑，当时正在《大众电影》任职……

第一届百花奖引发全民热议

1961年6月，周总理在"全国文艺工作座谈会"和"全国故事片创作会议"上指出："艺术作品的好坏，要由群众回答……艺术是要人民批准的。只要人民爱好，就有价值……"时任中宣部副部长周扬也提出了电影要创"四好"（即故事好、演员好、镜头好、音乐好）的主张。会议即将结束时，周总理提出了举办群众性的评选好影片、好演员活动的建议。

11万选票纷至沓来

这次会议之后，中国电影工作者协会（即后来的"中国电影家协会"）决定由协会下属的《大众电影》编辑部负责组织评选活动，名称定为"《大众电影》百花奖"。

首届"百花奖"的评选对象为1960～1961年的国产影片。1961年10月号的《大众电影》刊登出了评奖启事，公布了即将评选的15个奖项、评选范围以及选票发放事宜等等，参评人员则以《大众电影》的读者为主。

那时候的观众对评奖非常重视，热情极度高涨。很多观众想投票却苦于买不到《大众电影》，于是凌晨排长队购买杂志；很多单位还专门开会研究投票问题。比如沈阳玻璃厂，有4000职工，只有一张选票，为充分表达工人们的意见，用大红纸把候选影片、候选人名单张贴出来，大家预选、讨论，民主集中半个月，才填好选票寄出。

投票历时三个多月，我们收到了11万多张选票。计票任务非常繁重，我们就邀请了原北京女子三中的300多位同学协助，完全采用手工方法，及时完成了选票统计工作。

周总理为老艺术家让座

1962年5月22日，正值毛主席《在延安文艺座谈会上的讲话》发表20周年前夕，《大众电影》编辑部在首都政协礼堂隆重举行了首届"百花奖"的授奖典礼和庆祝晚会。获奖者所得的奖状题词是我们邀请陈毅、郭沫若、谢觉哉等多位知名人士题写的。我还专门邀请了刚刚获得世界冠军的中国乒乓球运动员为晚会做了"表演赛"。

百花奖原定两年一届，但实际上1963年即举办了第二届。1963年5月29日，同样在政协礼堂，周总理和陈毅副总理又来到了第二届"百花奖"颁奖典礼的现场。

会后合影时，大家不约而同地让总理坐到前排中间位置。周总理却恳切地说："今天，我是来为你们获奖表示祝贺的，你们是主，我是客，是你们中的一个普通观众，我不坐中间，应让年长的坐中间。"说完，请获得当届最佳戏曲片奖《孙悟空三打白骨精》的导演杨小仲坐到了中间，自己则很快走到左边前排，与获得最佳男演员奖的张良坐在了一起。陈毅见此情景，也笑呵呵地转身走到右边前排，坐到了获得最佳女演员奖的张瑞芳一旁。

文艺整风运动下凋零的百花奖

第二届"百花奖"刚刚落幕不久，形势突然发生了变化，"四清"、"五反"运动开始，前两届"百花奖"也受到了一些非议。

第三届"百花奖"从1964年3月开始征集选票，原定于6月底发奖。但这时，文艺界的整风越来越猛，有的获奖者正在作检查、接受批判，有的作品被诬为是替某些人翻案，无奈，影协只能佯称选票正在统计，发奖时间延期举行。

到七八月份，看到仍然没有消息，许多群众非常不满，纷纷来信质询。影协不得不于1964年底，违心地借用社会上的"左倾"观点，自诬获奖影片没有体现党所倡导的文艺反映社会主义革命和建设的精神，不符合当前的革命形势，呈请上级批准撤消了这次评奖，对外则只是答复个别读者来信以减少误解。直到1979年《大众电影》复刊后，"百花奖"才于1980年重新开始了"第三届"的评选。

1963

暴雨

An unprecedented rainstorm

关键词：暴雨　"一厘钱"精神

1963年8月8～9日，北京市连降暴雨。在暴雨中心的东北郊来广营，24小时降雨量达到464毫米。清河、坝河、通惠河、莲花河、长河、凉水河和温榆河等水道均漫溢成灾。暴雨淹涝农田99万亩，使得18000多间房屋倒塌。这次1949年以来最大的降雨导致市内交通几近瘫痪，而长安街上正行驶着某国代表团的车队……

昼夜暴雨
冲出京城排水标准

8月5日《北京日报》标题：城郊连降伏雨，对庄稼有利。

8月9日，《北京日报》第2版头条标题：紧急行动起来，迎战暴雨洪水。并配发社论："为了保卫首都的社会主义建设，保卫今年的农业好收成，全市城乡人民都应当紧急动员起来，加强戒备，准备随时同暴雨、洪水搏斗。"

三年自然灾害刚刚过去，1963年8月以前，华北平原都展露出风调雨顺丰收在望的前景。然而8月6日，突然来了一股冷空气，冷热空气剧烈作用。原有西南低涡的北部又新生出一个西南低涡，声势浩大地向北京方向而来。当时在北京市规划局市政处的文立道称，实际上，这是一场受较强西南低涡气流影响而来的降雨，正在向北缓缓移动。

德胜门24小时降雨325毫米

到达北京之前，这场暴雨已经下了一个星期，8月1日大雨从淮河上游地区移至海河流域，暴雨的主要路径由河南南阳起，经许昌，到了河北省邯郸，路经区域都发生特大暴雨，海河水系暴涨，保定告急，天津危险，北京也不能幸免。

当时在河道管理所工作的李裕宏回忆，8月8日，北京下了一天大雨，甚至冲垮了德胜门附近一段城墙，但总体态势还算平稳。真正的危机，是北京城里的蓄水量几乎达到极限，山雨已来水满城。

当年西城区德胜门附近的松林闸水文观测站是城区内主要的观测站，8月8日晚上12点后，观测站水位陡然增长。当晚的雨声在李裕宏的记忆里，犹如呼呼的北风。"24小时以内降水量超过200毫米叫做特大暴雨。到9日早上8时，松林闸地区的24小时降雨量就达到了325毫米。"

这一天清早，文立道开始骑着自行车去各处检查记录灾情，北京市各相关部门派出了一百多人的队伍。城区大部分地方骑着自行车可以通过，有的地方需要扛着自行车通过。盛夏时节，路上不断漂过西瓜，像绿色的浑圆小球漂荡在溢出的城市表面。事后的灾情报告称，市商业局的870吨煤末儿、4000公斤劈柴、市供销合作社的9000公斤冬瓜、茄子、100公斤鸡蛋和100瓶白酒等，都和西瓜一同漂荡在水上。

暴雨体量城区20年一遇

全线告急。护城河水位迅速拉高，超过历年最高水位。事后鉴

▲现在的西便门护城河水位线。1963年8月8日，护城河水位迅速拉高，超过历年最高水位。

◀前页 2007年8月6日，大暴雨过后的安华桥附近。有专家认为，如果现在北京再来一场1963年那样的暴雨，情况会更糟。因为现在城市内的混凝土地面没有渗水能力，而渗水地面改造正在持续进行中。

▼原北京市规划局市政处的文立道拿出北京市1963年洪水受灾地图介绍，所有深蓝色标出的区域是被洪水淹没达半米以上的地区。

定，这次暴雨体量是城区20年一遇，郊区百年一遇。

文立道称，护城河虽然没有满溢，但情况危急。与护城河连通的93处下水道中，62处被水淹没。洪水顺着下水管道灌回下水口，把前三门大街的下水道铁盖顶起，当时市内交通几乎完全瘫痪。据说，暴雨时，正值党和国家领导人要在中南海接见某国青年代表团，车队行至新华门附近时再也无法前进，最后不得不出动警卫部队将车推进新华门，接见照常进行。

降雨量最大的区域在朝阳区。来广营地区、酒仙桥在24小时内都有超过400毫米的降雨量。文立道称，温榆河的一些小村子有的被淹没成孤岛，需要空投物资进行救援。当年的报道中有社员张海景的一句话："有党、有公社，就不怕。"城区内崇文区淹得很厉害，天桥一带地势低洼，新中国刚修好的龙须沟此时又变成了一片浑浊的汪洋。在护城河外，动物园淹了。据说，动物都被转移到兽舍里。但许多兽舍也进了水，小鹿仰着小脑袋在水里游来游去。莲花河堤决口，洪水围困住市商业局所属的马连道仓库。这一片区域是当年北京后勤保障的重要基地。

北京城有了防洪排水规划

在一张北京市1963年洪水受灾地图中，所有深蓝色标出的区域是被洪水淹没达半米以上的地区，其余地方以浅蓝、虚线标注危险地带。文立道手执钢笔说，如果暴雨中心再往西移动20公里，下在南旱河或永定河会怎么样？

永定河是北京著名的地上河，河床高度高于天安门城楼，如果这里的河堤决口，整个城市将陷入汪洋。不幸中的侥幸是，这场暴雨的中心在温榆河朝阳区一带，地势相对低，而且暴雨在9号停止了脚步。李裕宏说："通惠河水位一点点在涨，高碑店闸也跟着在提高，下游压力一点点增大。高碑店闸的水位如果超过31米，河水就会淹了东郊热电厂，当时全北京供电全靠它。幸运的是，在距热电厂取水泵不足半米的时候，高碑店闸的洪水位停止了上升。玉渊潭闸水位也在逼近最高限水位的最后一刻降了下来。"

暴雨后，市规划局、设计院、勘测处、河湖管理处等部门在城近郊区搞了一次水情、灾情调查。调查显示：市区河道上有桥梁255座，发生阻水的有96座。再加上城里引水、排水不配套，上下游河道泄洪能力不配套，许多地区的下水道还是明清时修建的。市区内部的主要排水河道通惠河、凉水河、清河、坝河泄洪能力很有限，只能对付日降雨量在100毫米至150毫米的雨水。

根据调查结果，市规划局在1964年向市里提交了一份北京"市区防洪排水规划报告"。文立道称："北京市第一次有了自己的防洪排水规划，也是北京市第一次提出防洪排水标准。"城市河道的排水标准，按照彻底解决1963年暴雨时城区的积水问题，拟定城市河道排水采用20年一遇的标准。此后，北京市所有河道、建筑物的建设都遵照这个排水标准执行，直至今天。规划中还包括了一系列的城区防洪系统工程，但正准备大干一场的时候，"文革"开始了。

如果再有暴雨

也许是某种巧合，北京奥运会开幕也在8月8日。之前有人撰文提出，如果奥运会期间发生1963年那样的暴雨，怎么办？李裕宏解释，如果现在北京再来一场当年的暴雨，情况会更糟。因为当年城市面积小，周围都是农田，排水和渗水能力强。而现在城市不断扩

纪事·1963

1月21日 中共北京市委批发市水利工程局党组《关于当前水利运动情况和今后意见的报告》。

3月1日 中共中央发出《关于厉行增产节约和反对贪污盗窃、反对投机倒把、反对铺张浪费、反对分散主义、反对官僚主义运动的指示》。

3月19日～6月12日 雷锋模范事迹展览在中国人民革命军事博物馆展出。

3月26日 《北京日报》报道了北京墨水厂、北京市制药二厂等单位提倡的节约"一厘钱"精神的消息。

4月1日 中共北京市委召开全体会议，讨论并通过了《关于厉行增产节约和五反运动的部署》。

7月15日 北京市出土文物700多件在北海公园展出。

8月8～9日 北京市连降暴雨。全市平均降雨量为206毫米。

9月9日 北京市动物园的大熊猫在人工饲养条件下，第一次繁殖成功，生下一幼仔。

11月 北京市郊区农村已有72个公社1002个大队开展社会主义教育和"四清"运动。

张，众多建筑瓜分了城市空间，混凝土地面没有渗水能力。

文立道回顾，1965年修地铁时，将护城河变成了暗河，这一点尤其不适合城市防洪排水，因为所有的排水都要在既定的暗河河道里进行。出于景观考虑，2004年的北京市城市规划中有意将前三门（宣武门、前门、崇文门）一带的暗河部分恢复成明河，但是这也和视觉景观有关，和真正的防洪排水没有干系。现在北京城区内的渗水地面改造也在持续进行中。

依山面海、龙盘虎踞，北京地势西北高、东南低。西部、北部和东北部三面环山，东南部是一片缓缓向渤海倾斜的平原，往东的温榆河、往南的凉水河、往北的清河都可以排水，北京城就像一个半封闭的海湾——从防洪排水来说也是一个好角度。文立道说，老祖宗真会选地方。

60年60人·1963

东方舞传递柬中友谊

张均，女，74岁，东方歌舞团一级演员，北京舞蹈学院客座教授

这是柬埔寨老国王西哈努克的女儿帕花·黛维公主寄给我的一张明信片，她也是柬埔寨皇家芭蕾舞剧团最著名的舞蹈家，正面就是她跳《昌扬舞》时的舞装照。

我们俩最早结识是在1958年西哈努克第二次访问中国期间。帕花·黛维当时只有14岁，已是柬埔寨首次派出的访华文化艺术代表团的领舞演员，我负责全程陪同。出于对舞蹈的共同爱好，这次访问期间，我们俩彼此都留下了美好的印象，从此开始通信。

1963年，文化部忽然转给我一份帕花·黛维发来的邀请函，请我到柬埔寨教她学东方舞。请示上级获得允许后，我便走进了柬埔寨皇宫。在那里三个月，上午我教她亚非拉各个国家的舞蹈，下午她教我学习柬埔寨舞，我们几乎形影不离。老皇后（她的祖母）和西哈努克亲王对我也像待自己的孩子一样。

1965年我随周恩来总理到柬埔寨访问，表演的就是帕花·黛维教我的"百花园中的仙女"。老皇后和西哈努克亲王非常高兴，当即给我颁发了勋章，当地舆论也开始称我为"中国的帕花·黛维"。

见证人·1963

付继忠，现年77岁，17岁到西直门东升火柴厂工作，1963年任北京市火柴厂财务科科长，后被派到第一车间管理原材料。

"节约一根火柴"运动

当年，北京墨水厂先提出了"节约一厘钱"的口号，我们也提出了"节约一根火柴"的口号，我记得是1962年前后，火柴厂在原材料计划用量上稍有超标，当时每根火柴的定量木料是0.0135立方米。1963年，厂子第一季度的奋斗目标是：每盒火柴减少一根废火柴(也叫废支)。一根废支的标准有8条：无头、小头、破头、双头、半支等。在北京火柴厂，一根火柴的诞生要经过3个车间，40多道工序，走将近一里长路程。要节约就要从每个步骤把关。我先在财务科，后被派到第一车间去管理原材料。

▲付继忠与妻子在家中接受采访。其妻也是十几岁到火柴厂装火柴的工人。

各种工序的把关

首先是将原木截成段，要求下锯准。比如木段两头留出一些，一块木料能做十根火柴，如果切出了九根火柴的量，就浪费了。这道工序不能含糊，每根火柴长度要一致，否则不能统一粘上药头。之后是将截好的木段放在机器上，机器转，木段转，火柴的形状就出来了，旋刀进入木料的速度要恰到好处，太慢会导致火柴前面不够厚，太快则火柴会太薄。

之后，会剩下一个圆木芯，在实行增产节约运动前，木芯尺寸约六七公分。我们就把木芯锯下来一块，放在旋火柴盒的机器上旋，这样木芯最后的尺寸甚至能达到一公分半，大大节约了木材。旋火柴盒要求更高，这个步骤我们叫"拉皮"，"拉皮"速度也要控制好，不然容易断。"拉皮"太薄的，一般会卖给肉店，当时没有塑料纸，用薄木片包肉，还挺环保。

节约一根火柴的精神

车间里还挂起了"为减少废支而奋斗"的标语，贴上防止出废支的操作规程。机器旁增加了扫把，工人不时会清扫脚下，减少踩断火柴梗的几率。主要工序设了关卡，质量检查员每小时抽查。以前干活，是把火柴梗排在一块块夹板上，排一块板，拿一份钱。有的夹板上火柴梗倒一片也没人管，为的是多拿计件工资。现在，夹板上三千支火柴梗倒几根，工人宁肯不拿这份工资，也要把整块板当"废品"剔出来。活动开展半年后，每盒火柴的废支由10根减到了5根，甚至4根。

　　厂里有个赵师傅，一天能装5000多盒火柴。一盒火柴规定一百根，当时装火柴的误差在3～5根间，他一抓一个准，后来还被选为北京市人大代表。当时的厂领导说："每盒火柴多一根废支，全厂一年等于是把几百万盒废木棍卖给了人民，这是为人民服务的态度问题。拿国家的木材国家的钱，造出那么多废木棍，这又是对国家资产的态度问题。"当时东北、华北、西北地区每年要开一次火柴会议，我们厂的经验也在全国推广开，《人民日报》也有报道。

　　70年代，北京市火柴厂为毛主席特制了梅花牌火柴，火柴盒厚实，火柴梗也长，得到了毛主席的喜爱。他还派人来厂里要散装火柴，或火柴盒换个擦火皮接着用。其实，来回运输费也不止火柴的钱，但这主要是一种精神。90年代，火柴消耗大成本高，才卖5分钱，而温州打火机很快占领市场，火柴厂就倒闭了。

（火柴收藏家李福昌、原北京市制药厂李子栋、马玉梅对本文亦有补充）

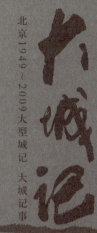

北京1949～2009大型城记 大城记事

1964

东方红
An epic of PRC

关键词：《东方红》　十三陵水库横渡

《东方红》以其恢宏壮美的场面，众多的民族表演艺术形式，在新中国文艺史上写下了辉煌的一页。这部音乐舞蹈史诗是为庆祝中华人民共和国建国15周年而创作的，来自全国七十多个单位的音乐舞蹈工作者、诗人、作曲家、舞台美术工作者，以及工人、学生、少先队业余合唱团三千多人，以满腔的革命热情成功地创作了这部革命史诗。

歌舞叙事
一则新中国史诗的样板

《东方红》以其恢宏壮美的场面,众多的民族表演艺术形式,在新中国文艺史上写下了辉煌的一页。这部音乐舞蹈史诗是为庆祝中华人民共和国建国15周年而创作的,来自全国七十多个单位的音乐舞蹈工作者、诗人、作曲家、舞台美术工作者,以及工人、学生、少先队业余合唱团三千多人,以满腔的革命热情成功地创作了这部革命史诗。

它通过歌舞概括地表现了中国人民在中国共产党的领导下所进行的艰苦卓绝的革命斗争。这部史诗选择了各个革命阶段最有代表性的典型事件,使它成为中国人民谋求解放的历史缩影。《东方红》中的许多曲目,如《东方红》、《松花江上》、《南泥湾》和《解放区的天》等至今仍广为传唱。

《东方红》的创演活动,是"文革"之前一次影响巨大的艺术"大跃进"活动。在音乐与舞蹈艺术的创造上取得了较高的艺术成就,在动用人数之众多,创演历时之短暂,大型题材与体裁的驾驭之成熟,艺术有效地和毫无保留地为政治服务之"不逾矩",音乐舞蹈珠联璧合等方面均创立了当时的最高水准。《东方红》在中国当代音乐历史上立起了一个大型综合舞台艺术和中国式宏大叙事的样板。

在专程去上海欣赏了两千多人的大型歌舞《在毛泽东旗帜下高歌猛进》后,1964年7月30日,在中南海西花厅,周恩来召集了文化部、总政文化部等有关负责人,将自己的构想在会上拍板——在北京将党和革命的诞生、发展用大歌舞的艺术形式呈现在舞台上。

▼上 《东方红》演出之后,表演时穿湖蓝色的民族舞蹈服已经成为莫德格玛的习惯。

▼下 《松花江上》的演唱者、歌唱家李光羲已经年届80,仍然中气十足。

组织者 周巍峙
史诗替代秧歌

时任文化部代理副部长的周巍峙回忆说,当时北京正准备搞一个北京音乐节,计划邀请很多外国友人来观看。周总理说建国初期看大秧歌还可以接受,现在还保持那样的水平,就不行了,他希望用一部大型歌舞史诗作品来表现中国共产党建国过程,并在国庆时演出。

此时,距离新中国成立15周年还有两个月时间。在这样短的时间内,用两三个小时的舞台表演,呈现跨越中国共产党建党以来40多年的历史,谁也不敢保证最后的演出效果。"这时,周总理非常体贴我们,说能搞出来也好,没搞出来,就算是给同志们的党史学习了。"周巍峙回忆说。

于是,周恩来亲自拟定了两份名单。领导小组以周扬为组长,梁必业、林默涵等为副组长,齐燕铭、张致祥、陈亚丁、周巍峙、许平、吕骥等为组员;组织指挥工作小组以陈亚丁为主任,周巍峙、许平等为副主任。后来,工作小组又称为大歌舞指挥部。

歌者 李光羲
全天候军事化排练

"那时的我,才59公斤。"80岁的老艺术家李光羲回忆起1964年。当时正是三年困难时期结束没多久,站在台上演唱时,别人从他背后看他,后脑勺下露有两根筋,像是两条线撑扯着头颅。

李光羲当时是中央歌剧院的主力演员，正在院里排演庆祝新中国成立15周年的节目，领导忽然让他去人民大会堂参加一个选拔，到了人民大会堂，看到调来的部队官兵排练，李光羲才知道，这是为了选一个名为《东方红》的大型歌舞表演里第四场《抗日的烽火》的独唱，"我和后来第一个唱《在那桃花盛开的地方》的董振厚，成为《松花江上》这首歌独唱的A、B角。"

和其他歌不同的是，《松花江上》这首歌大家都会唱，李光羲以前在音乐会上就唱过。"我是1929年生人，1931年日本人占领了整个东北，1937年全面侵华，占领了整个华北，当时我们都是亡国奴，那段丧家辱国的历史深深扎在心里，即便时代已经不同了，但是一旦唱起来，那种家破人亡、国土沦丧的愤怒，抗争的激情，希望，都浸染在歌曲里了。"

《东方红》的排练备受关注，李光羲说："我参加时已是9月上旬。有两次在人民大会堂排练，万人礼堂里只有二楼中间的位置上坐着二三十人，是周总理请国务院副总理、老将军、老元帅们一起参加审查节目。他们的意见会立刻被告知到编导组，编导组在第二天就能拿出修改方案。"

有一次，李光羲在场下看才旦卓玛唱《毛主席，祝您万寿无疆》时，当时用外汇辗转从香港买来的音响一下子没了声音，大乐队继续演奏，所有的人声合唱，在万人大会堂里再也听不见了，只剩下才旦卓玛的声音，透亮、通畅，一下子就穿透了整个礼堂。

李光羲住在东城，同他一样在北京本地工作的参演工作人员有1000多人，无论多大的腕儿，每天乘公交车来排练。还有2000人，来自全国各地，分住在西苑旅社等饭店里，全天候排练。《东方红》的演出是完全没有任何待遇的，演员们高高兴兴、全心全意去完成它，只是觉得荣幸。

三千多人的演出，在大会堂彩排时，演员分配在各个厅等候，几点几分谁带队进入，对讲机里分配得井然有序，即便是熟悉的朋友，互相之间都很难碰到。李光羲回忆说，后来在演出时，无论是演员还是镰刀、斧头等道具，串起戏来决不含糊，演出刚结束几分钟内，外国记者到后台去看，那些道具、衣服全部整理好，人都散尽了，比军队还军队。

纪事·1964

3月6日 中共中央批转《李富春同志关于北京城市建设工作的报告》。中央认为：必须下决心改变北京市现在这种分散建设、毫无限制、各自为政和大量占用农田的不合理现象。

3月11日 北京市人委就几个单位在明十三陵拆用砖石、损坏古建筑的问题发出通报。

3月13日 北京市房管局成立机关换房站，解决职工上班路远问题。

6月7日 首都各界集会欢迎登上希夏邦马峰的中国登山队胜利归来。

6月16日 毛泽东、刘少奇和其他中央领导在北京十三陵水库游泳。

7月24日 北京市1800多名中学生横渡昆明湖。这是北京市首次举办的群众性横渡江湖的运动。26日，1800多名大学生横渡十三陵水库。

8月7日 北京50万人示威游行，声讨美国侵略越南的罪行。10日，200万人参加游行。

10月2日 大型音乐舞蹈史诗《东方红》在北京上演，有三千多人参加演出。

在此之后，《东方红》里的每一首歌，都成为了脍炙人口、传唱至今的经典。"那段历史和国家命运，我能用歌唱形式让它成为史料流传至今，很荣幸。我去国外演出，一唱《松花江上》，当场好多老华侨落泪。"李光羲说。

舞者 莫德格玛
"漏网"的爱情歌曲

1964年7月1日，中国艺术团从欧洲出访半年归国，被法国报纸誉为"蒙古来的大美人"的莫德格玛在上海得到了陈毅的接见。应陈毅要求，莫德格玛在联欢会上表演了她拿手的《盅碗舞》。陈毅非常喜欢，跟她说，为了庆祝建国15周年，要弄一个大型歌舞表演，莫德格玛你要参加《东方红》。

就这样，当时只有22岁的莫德格玛，还没明白怎么回事，就去《东方红》大歌舞报到了，导演团的舞蹈创作导演胡果刚接待了她。"看了他们的表演，我心里想，天啊，怎么那么愣，男人的动作，为什么让我们女人表演？我一直想当然理解陈毅是让我来大歌舞直接演《盅碗舞》的。我就说这个不是我们内蒙的风格，我不喜欢这个风格。胡果刚当时笑了，然后我就走掉啦。"

回到东方歌舞团，团长和组长都批评了莫德格玛的"自由散漫"，莫德格玛被"逼回"到《东方红》大歌舞。莫德格玛这时才明白自己的任务，就开始乖乖教给导演们和群舞演员蒙古舞的动作。"3500人的演出，从导演到演员，到舞美，每个环节的效率都特别高。当时导演们住在旅社里，我给他们表演动作，他们就在那酝酿、设计画面。导演们可辛苦了。"

虽然看起来是嘻嘻哈哈的小姑娘，涉及表演时，莫德格玛"心眼"却很多。因为出了名的"无组织无纪律"，莫德格玛的要求最多。她要求说"我们蒙古族长调最有特色了，用长调做独舞音乐，将我引出来，特别好"。周巍峙很快将内蒙古最好的长调歌手哈扎布从内蒙古调来。莫德格玛为了"拉拢"住哈扎布，"我在家里做好奶茶，挤27路公车，倒车，送到西苑旅社他的住处。我甚至帮哈扎布洗衣服，就怕他呆不惯，一不排练就跑了"。

因为长调可以无限延长节拍,哈扎布的气口很长,能拉得特别长,这让舞蹈演员们抓不准节拍,每次拍子都不一样,就只能跟着莫德格玛做动作,因为只有她能掌握。

莫德格玛的"心眼"故事还有:"当时我们在《东方红》排练场上随便唱的民族歌曲,是蒙古族家喻户晓的爱情歌曲《金彦玛》,很深情,这是我们民族自己的东西,走到哪里,带到哪里,后来被音乐那边拿去编曲,写成大歌舞里的《赞歌》。"

"因为《赞歌》的曲调本身来自蒙古族的爱情歌曲,当时爱情歌曲是不健康的,当过亡国奴的人恨这种靡靡之音,所以我们三个蒙古族的人决定保密。反正通过审查了,爱情转到爱共产党了,我觉得很好。"莫德格玛的这句"爱转移"论,在"文革"时成为批斗她的一个"罪状"。

1964年10月2日,大型音乐舞蹈史诗《东方红》终于第一次在人民大会堂演出,共演出了14场,1964年10月16日晚,人民大会堂上演最后一场《东方红》,周恩来陪同毛泽东观看了演出。

(《东方红》演出以及后面十三陵水库横渡资料图片由新华社记者郑震孙、张赫嵩拍摄于1964年)

60年60人·1964

**窗户改书橱
花瓶变台灯**

何君华,画家

以前,家里的床、儿子玩的小车都是我自己做的。搬家的时候扔掉了我用了很久的书橱,那是用我老伴的娘家拆下来的窗棂做的。上面有雕花,挺精致的——三块木板围成一个柜子,加上两扇窗棂做门,这就是我的自制书橱了。

这花瓶是我以前买花瓶装花,画静物写生用的。当时台灯是一种奢侈品,一般人家都是拉一根电线挂一个灯泡就好了。光秃秃的灯泡吊在天花板上,我觉得不美观,台灯又太贵买不起,就灵机一动,将这个花瓶带到一个老师傅那儿,请他给花瓶钻一个眼好穿电线。

老师傅说,你的花瓶太硬了,莫将我的钻头给钻坏了。我给他添了一点钱,他才肯给花瓶底端钻了一个眼。我将电线穿过去,再找了一个电灯座和灯泡,自己用铁丝绕了一个罩托,卡在灯泡上,灯罩是我自己拿纸折的,像百褶裙似的,罩在托上。这个台灯用到现在,快50年了。

见证人·1964

1964年6月16日，毛泽东在北京十三陵水库游泳时对学生和解放军战士说："游泳是同大自然作斗争的一种运动，你们应该到大江大海中去锻炼。"7月26日，1800多名大学生横渡了十三陵水库。后来担任北京一中原校长、北京市政协教文卫体委员会特邀委员的王晋堂（当时是北京师范学院的大学生）即是其中一员。

"去大江大海中锻炼"

体育馆发放免费游泳证

20世纪50年代北京龙潭湖那里建成了北京市第一家室内体育馆，当时，贺龙老总去北京体育馆视察，看到场馆内人很少，就问原因，场馆负责人说，因为老百姓嫌票价贵。当时的几毛钱，已经是很大一笔开支了。贺老总就指示，可以不要钱嘛。从此后，北京体育馆就对青少年免费开放。

体育馆内的游泳池是深水池，青少年要经过深水测试游200米才能拿到免费游泳证。那时，我是北京四中的初中生，为了能去北京第一个室内游泳馆游泳，我用一个夏天学会了游泳。参加深水测试，合格了。

陶然亭游泳场里的选拔赛

1964年时，我是北京师范学院分院化学系的学生。记得那年夏天，我们体育老师马老师上课时询问我们同学当中谁会游泳，挑选了部分学生后，安排在陶然亭游泳场进行选拔测试。

记得选拔的那天清晨，天下着小雨，因为游泳场是在室外，虽然是夏天，下水还是有些冷。但参加测试的我们都很兴奋，当时要求能游2000米，50米的泳道，来回我也不知道游了多少次。能游下来，还要游得比较顺畅，姿势比较好，择优录取。

体育老师看了我游泳后，说你姿势很好，我们系选了我在内的三个人。其实，我没经过正规训练，就拿着教游泳的书，学习手、腿、呼吸、换气等动作。也不是为了升学什么功利因素学游泳，就是因为兴趣，那时的男孩以晒黑为美，皮肤黑证明他整个夏天过得好、过得健康。当时在学校得到

"劳卫制"证书是一种荣耀,宣传栏里张贴着"为祖国工作五十年"的宣传口号。

和江河湖海的第一次亲密接触

过了几天后,老师宣布我入围了。之后没多久,学校安排车,送我们去昌平十三陵水库,参加1800名大学生横渡十三陵水库的群众体育活动。

以前我都是在陶然亭和什刹海游泳,去十三陵,是我第一次在野外游泳,是我和江河湖海的第一次亲密接触。

我们很早就到了水库,那天红旗招展、锣鼓喧天,观众很多。正式比赛开始是在上午九十点钟,参赛的有男大学生,也有女大学生,都是从北京市的各个高校来的,有北京体育大学的,清华大学的,还有我们师范学院的。男、女生都是3人一组,对男生的要求是游完1200米。

十三陵水库击水1200米

毛主席年轻的时候就写下"自信人生二百年,会当水击三千里"的豪迈诗句,1964年时,毛泽东向全国人民发出了游泳的倡导,而且提出要到江河湖海中去锻炼,到大风大浪中去锻炼。这次去十三陵的集体野外游泳,就是市里的统一安排,秩序井然,参与的单位有市体委、市团委、高教局等单位。

下水是按照顺序点名,一拨拨下去的,我们三人一组,形成一个三角形的队形,一个人在前面,两人在后面,三人合作,到达指定标杆,往回游时,只剩下一半路途,就知道我们肯定能坚持到游完全程了。这场比赛说是比赛,其实只要坚持到最后游完全程,就都是胜利者。我记得发的纪念品是毛主席诗词,里面有他的"万里长江横渡,极目楚天舒。不管风吹浪打,胜似闲庭信步"的诗句。

后来我再在野外游,是在"文革"快结束时,作为优秀教师被组织去北戴河度假时下海。后来去了青岛、三亚等地,还去过夏威夷潜水,人鱼共舞。

大城记

北京1949～2009大型城记 大城记事

1965

地铁一期工程

Construction of air-raid shelter

关键词：地铁一期工程
　　　　人工合成结晶牛胰岛素

1941年德军大举进犯莫斯科，刚刚建成6年的莫斯科地铁成了市民的避弹掩体和苏军的战时指挥部。地铁的战备功能给北京的城建提供了启发，从1953年开始的规划到1965年的破土，北京地铁一期工程先后经历了深挖与浅挖之争、友邦专家集体撤离……

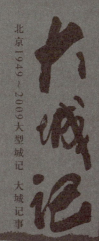

大城记 1965

开掘首都地下掩体之最

1965年7月1日上午9时，在西郊玉泉路西侧两棵银杏树下，北京地铁一期工程正式举行了开工典礼。彭真市长宣布典礼开始后，年近8旬的朱德元帅拿起扎着红绸的铁锹，铲起了第一锹土。同时到场的还有邓小平、罗瑞卿等多位中央领导。出于保密考虑，当天组委会只邀请了少数几个新闻单位参加，并明确表示这一消息不登报，只作为内参保留。

旨在"备战"的地下空间营造

"从1956年9月北京地下铁道筹建处成立算起，这是一项准备了近10年的工程。"现任中国地铁工程咨询公司专家委员会秘书长、1956年即被分配到北京地下铁道筹建处工作的周庆瑞回忆说，"早在1953年，第一个五年计划开局之年，北京市就有了建设地铁的规划。"

新中国成立之初，北京常住人口还不到300万人，机动车也仅有5000多辆。大街上人多车少，人们出行多是步行或骑自行车，连乘公共汽

车的人都是少数。对于在此时筹建地铁的原因,后来出任地铁筹建处总工程师的谢仁德曾回忆,周恩来总理曾经一语道破了其中的玄机:"北京修建地铁,完全是为了备战。如果为了交通,只要买200辆公共汽车,就能解决。"

1956年,苏联委派的5位地铁专家来到北京协助指导制定修建方案,"我就是在这期间开始对地铁有了系统性的整体认识。上课时我担任记录,这些记录后来被国内一些工程院校用去作为参考教材,大家看得都跟宝贝一样"。

也是1956年,唐山铁道学院桥隧系单独开设了一个"隧道及地铁专门化"专业,中国工程院院士、北京交通大学隧道及地下工程试验研究中心教授王梦恕便是这个专业的第一届学生之一。

关于地铁深度的微妙分歧

1957年,筹建工作因为"反右派"运动的开展暂时停止,"直到1959年,在大跃进的形势下,才重新上马,准备进入施工阶段。"周庆瑞说,"技术人员不够,就从铁道部抽调技术人员,成立了地下铁道工程局,苏联则派来了第二批地铁专家。"

这期间,关于北京地铁的设计方案还存在着微妙的分歧。当时有两种可以参照的样板,一是像苏联地铁那样全线深埋入地面60米以下,二是像大多西方国家那样浅埋在地面10米以下。

出于战备的考虑,中央决定北京地铁全线深埋于地面100多米以下,而苏联专家却建议"全线采用防护性结构浅埋明挖"的方案。负责地铁设计的专家们经过勘察试验,发现北京不具备莫斯科那样的浅表即是岩层的地质条件,如果采取深埋的方法,地铁的实际埋深将超过原来估算的深度。比如地铁北京站埋深将达到160米,而红庙附近将达到200米。"这样的深度,电梯的长度至少要400米。这种超长电梯,我们根本无法生产。如果遭到破坏、漏水,就更麻烦了。"谢仁德曾回忆说。

1960年5月,中央正式批准了"浅埋明挖"的方案。对于之前一直坚持深埋的原因,直到1965年7月的开工典礼上,才由彭真市长揭

◀前页上 102号车站的出入口标有"非运营区,非工作人员禁止入内"的字样。

◀前页中 "战备为主,兼顾交通"——地铁一期工程都有幽深的通道。

◀前页下 北京地铁一期工程的西端还有两个车站,至今仍未启用。据参与设计的专家说:一期工程往西通向山里,与地上铁路网相连,方便战时人员疏散。

▲左 毛泽东对地铁一期工程的批示为：杨勇同志，你是委员会的统帅，希望你精心设计、精心施工。在建设过程中，一定会有不少错误失败，随时注意改正。是为至盼！

▲右 20世纪70年代初，地铁一期工程开始接待参观群众。（资料图片 北京城建设计研究院提供）

开——那时以为莫斯科、列宁格勒的地下铁道都是深埋，但是我们请来的专家却异口同声主张浅埋，因而对其用心深表怀疑。

"大约是1960年夏天的时候，中苏关系开始破裂，第二批苏联专家来中国不到半年就被撤走了。"周庆瑞说，"这时，三年困难时期已经开始，工程只好再次下马。那时有人说，10年之内恐怕不会再修地铁了。"

初出茅庐者引发三万多张图纸修改

不过，工作并未完全停止。1961年，王梦恕即来到北京毕业实习，参与北京地铁修建的"技术酝酿"。几个月后，他回到唐山铁道学院，成了隧道工程专业的第一届研究生，而招收研究生的一个重要原因是，原本派到苏联学习的研究生因两国关系恶化已不允许进入苏联地铁。

周庆瑞说："1965年初，我所在的地下铁道研究所突然接到了北京地铁重新上马的通知。"这年5月，王梦恕刚刚来到北京地铁工程局，审定设计图纸时，就发现了一个严重问题：所有的设计图纸都没有考虑到贯通误差。如果照此施工，分别开工的两个乃至几个施工段，连接时，断面位置会错开，整个隧道将无法对接成一条直线。

大部分人不相信初出茅庐的王梦恕，反对他的意见。于是他在正在施工的前门水渠做实验，测量出相隔一公里的两个断面间贯通误差是35厘米。参与设计的工作人员立刻着手修改三万多张图纸。

地铁开工日期相应延后。因为贡献突出，铁道部奖励了王梦恕20元钱，他当时的工资是64元。

未启用的秘密车站和宽阔的前三门大街

北京地铁一期工程东起北京站，西至苹果园。"其实向西还有两个车站，至今仍是未启用的秘密车站。再往西，则通向山里，与地上铁路网相连，方便战时人员疏散。"王梦恕介绍，"出于战备的需要，从防炸、防火到选线都进行了精心设计。"

"当时美国正跟越南打仗，北京地铁就以防止美国炸弹为标准，从设计施工上必须保证，即使遭遇一平方米一个炸弹的地毯式轰炸，也不会出问题。"当时美国最大的炸弹达到1500磅。技术人员就用同等威力的炸弹进行试验，结果在平地上炸出了一个深8米的漏斗形大坑。

北京地铁采取了浅埋方案，因此就在顶上加了厚达1米的钢筋混凝土防爆层，而且考虑到侧向轰炸的可能，还按45度角的最大辐射范围标准，特意将防爆层加宽。"地铁修完后，很多人都很奇怪，前三门大街为什么会那么宽，其实就是防爆层加宽的原因。"王梦恕说，"另外，为防止炸弹冲击波和毒气的影响，所以出口都不取直线，走折线，而且设了三道防护门。"

保密工作也非常严格。王梦恕则记得，当时不同部门之间不能相互串门，每个技术人员掌握的都是有限和局部的资料，完成任务后，设计人员必须把自己的设计图纸和工作日记按页码如数上交。"上交上去的一定是完整不缺页的资料，如果缺页的资料交上去，就要被追究责任，弄不好就要被打成反革命。"所以后来王梦恕整理上交手头的资料时，缺页就全部烧掉了。

防空掩体的运输功能转换

1969年9月30日，在建国20周年大庆前夕，北京地铁一期工程如期完工，但是，此时已被批为"黑尖子"的王梦恕已经远在成都。同样在1965年开始参与地铁修建的翟素贞却有幸见证了北京地铁的第一次试车——"上车啦！"大家跳上车，从石景山开到八宝山，

纪事·1965

1月23日 国务院副总理李富春同意北京地铁建设方案，并建议下半年动工。彭真也对这个方案作了批示。毛泽东、李富春和彭真等领导都对此作出批示。

3月10日 北京市农业劳动大学开学。这是本市为发展郊区农业生产培养人才而创办的一所实行半农半读的新型高等学校。

5月4日 北京市举行首次"五四"火炬负重急行军比赛，1600多名青少年参加。

7月1日 北京地下铁道工程正式开工。朱德、邓小平、彭真、李先念、罗瑞卿等参加开工典礼。

8月26日 参加中日青年友好大联欢的日本各界青年在紫竹院公园共植"中日青年友谊林"。

11月27日 万吨冷库在丰台区建成，建筑面积1.8万平方米。

159

又再开回来。但此后一段时间内，北京地铁并不对公众开放。进出较多的是代号为"801"、作为一级保密单位的专运队，专门负责接待党和国家领导人、外国首脑及其他外宾。

1970年底，周恩来批示可内部售票，接待参观群众。从1971年1月15日开始，普通民众凭单位介绍信，可以花一毛钱体验地铁。1976年后，北京地铁由部队转归地方，开始从战备型向生产运营型转变。1978年地铁部门提出"五二三五"，即上5个自动化项目，日开行列车200列，延长3小时运营时间，高峰间隔5分钟。"地铁这时候才真正像地铁了。"曾任北京地铁通信信号段段长的延军在一篇回忆录中曾这样说。

60年60人·1965

"我爸爸是做保密工作的！"

张宗安，男，52岁，就职于秦山核电公司

1958年我还不满周岁的时候，父亲就应二机部号召，调出了他原来所在的天津塘沽永利沽厂，奔赴大西北戈壁荒漠，投身到创建中国核工业的队伍当中，出任核部件冶金加工分厂的第一任总工程师。

1964年我们举家搬到了北京，妈妈把我送进了位于车公庄大街郝家湾的二机部十二局幼儿园。还有几个小朋友的父亲也和我的父亲一样在大漠核城工作，每个人的爸爸都难得回一次北京，即使回来也都是来去匆匆。其实那个时候，对于我们的父辈到底在什么地方，是干什么工作的，我们都是一无所知。每当我们议论起自己的父亲时，总是按照大人们教给我们的口径很自豪地说："我爸爸是做保密工作的！"长大后我才知道，1964年10月我国第一次原子弹爆炸成功，而他们一直以来所做的就是这件震惊世界的大事情！

见证人·1965

1965年9月17日，中国科学家在世界上第一次成功人工合成了结晶牛胰岛素。两个月后，该成果被国家科委鉴定确认。后来，有科学家评论说，这"开辟了人工合成蛋白质的新纪元"，甚至认为"在人类认识生命现象的历史上，是继从无机物中取得了第一种有机物尿素之后而出现的第二个飞跃"，这也一度被认为是中国科学家与诺贝尔奖距离最近的一次接触。现年74岁的中国科学院生态环境研究中心研究员陆德培先生从1959年起即参与了这项科研工作的全过程，当时他还是北京大学化学系的一名年轻教师……

与"诺奖"失之交臂

1959年初，在门头沟下放劳动一年之后，我刚刚回到学校不久，上海的中科院生化所代表团共5个人来到北大做学术交流，会上我才知道主要是谈人工合成胰岛素的合作事项。

高效的"科学卫星"

后来我了解到的情况是，这本来是1958年8月刚刚成立的生化所在"大跃进"的形势下，放出的一颗"科学卫星"。最初设定的完成时间为20年。在"敢想敢干"、"一天等于二十年"的气氛下，完成时间一下子被缩短为5年。这一设想当年就被作为"大跃进"的"成果"，放到了"上海市科学技术展览会"上参加展览。

具体负责的一位老先生不是相关研究人员，也不懂相关知识，以至于把合成蛋白质理解成了合成生命，夸张地画了一个站在三角瓶里的小娃娃进行展出。这幅漫画立刻吸引了前来参观的国家领导的注意："5年是不是太长了？"于是，完成时间进一步减为4年。此后，时间表被一再提前，直至最后决定将它列为1959年国庆10周年的献礼。

"热热闹闹"的文艺宣传队

当时，北大化学系整个有机教研室共有20来人，结果教师连同研究生共

10多人都参与了进来。1958年4月份我们开始工作，那时的合作气氛非常好。到1959年3月份，已经得到了第一个有生物活性的结合产物。这年11月，生化所代表协作单位请求尽快发表这个成果，但是为了防止"帝国主义国家"的同行利用这一发现，便没有获得批准。

1959年庐山会议之后，北大化学系觉得原来的研究方法"慢慢吞吞"，于是发动学生参加到科研组中，最多的时候竟然达到了300多人。以前参与工作的老教师全部靠边站，连实验室都不让进。为了改变过去"冷冷清清"的局面，还组织了专门的文艺宣传队，白天编节目，晚上到各个实验室演出。

科技竞赛及其收场

在北大"大兵团作战"的带动下，生化所和新投入进来的复旦大学生物系，也开始抽调大批人员，拼命往前赶，几家单位相互"竞赛"。在这种方式下，各家都进展奇快，以至1960年4月19日～26日在上海召开中科院第三次学部会议时，三家单位居然都宣布自己初步合成了人工胰岛素A链、B链或者A、B二链。

几天之后的4月28日，复旦便宣布他们首次得到了具有生物活性的人工胰岛素，上海市长在人民广场宣布了这件"大喜事"。北京也不甘落后，马上要求北大单独合成胰岛素。但是，研究迟迟没有进展。到这年8月，北大付出了经费耗尽、多名学生烧伤或患病的惨重代价后，不得不鸣金收兵。

迟来的诺贝尔奖提名

1963年下半年，在国家科委的协调下，北大化学系和中科院有机所、生化所又开始酝酿合作，并约定这次要一心搞出"中国的胰岛素"来。1964年3月，我、李宗熙和重新安排进入课题组的另外3位青年教师，在邢其毅教授的带领下赶到了上海。

经历过多次失败之后，1965年9月3日，负责全合成实验的杜雨苍等把新的产物放到了生化所的冰箱里。14天之后，杜雨苍从存放冰箱的实验室中走出来，他手中高举着的滴管中，便是闪闪发光、晶莹透澈的牛胰岛素结晶！

后来听说，1972年和1975年，华裔科学家杨振宁曾两次提出要为中国的胰岛素工作提名诺贝尔奖，但在当时全面否定西方学术奖励的背景下，都被拒绝。1978年，杨振宁再次重提此事，获得了中央领导人的重视，最终获得提名。但这毕竟已经是13年之后，情况发生了很大的变化，许多新的有重大意义和价值的成果已经产生，所以，最终没能得奖，虽然遗憾但也并不意外。

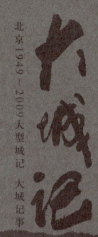

新中国首都60周年

北京1949～2009大型城记 大城记事

1966

太平湖

Ripples of the Peaceful Lake

关键词：太平湖　孔庙内破四旧

"水发出一点点的声音仿佛向他低声的呼唤呢。很快的，他想起了一辈子的事情，很快的，他忘了一切。漂、漂、漂，他将漂到大海里去，自由、清凉、干净、快乐，而且洗净了他胸前的红字"——《四世同堂》中的祁天佑之死仿佛一语成谶——1966年，举世闻名的"文化大革命"开始，作家老舍以身饲"湖"。

1966年
老舍与太平湖之谜

20世纪50年代末的北京,城墙还在,但已经被扒开了许多豁口。城墙根基连同墙外的护城河也还在,内城北城墙一带墙高水绿,野趣横生,是孩子们郊游、探险的乐园。就在新街口外豁口,人们经过那座护城河上的木桥,就能看见路西一眼望不到头的芦苇荡,这片水域源自元朝,当时被称为"泓亭",是什刹海在城墙外的一部分。附近的居民抱怨这里夏天蚊蝇肆虐,暴雨来临又会变成孤岛,他们一直盼望政府能像改造"龙须沟"一样将这一片苇坑进行改造。

从臭苇坑到人工园林

满恒先在新街口豁口住了整整53年。1958年春天,他是南太平庄小学三年级学生,和附近驻军及机关单位的人们一起扛着锹镐,开始了对苇坑的改造。工地长三里,南北宽一里,热火朝天的改造很快完成了。

"大约在夏初,芦苇和杂草被彻底清除了,方圆千亩、两米多深的湖底袒露出来,紧挨湖边的护城河水被引进来,岸边栽了柳、松和各种灌木,修了环湖的路。昔日的臭苇坑变成了公园,它才被正式命名为'太平湖'。"

满恒先说,当时整治改造的有几条河流,人定湖、青年湖都是被改造后命名的,"人定",取人定胜天之意。青年湖是因为参加义务劳动的大多是青年学生。只有"太平湖"区域处于北太平庄往南,当年是南太平庄所在地,因此取名"太平"。

改造好的太平湖成了人工园林,呈∞字形,东西湖区间是一座30米长的木拱桥。湖东建有苗圃、花坛、游人长椅和码头。湖西侧有荷塘、稻田和灌木林,特别是湖心保留了一座孤岛,种着柳树。满恒先记得,当年附近的北京电影制片厂常来此选外景,《水上春

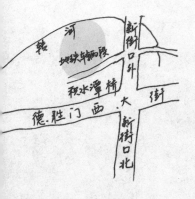

▲舒乙站在家里客厅的父亲与全家福巨像前。客厅中的两扇门打开就是全家福。

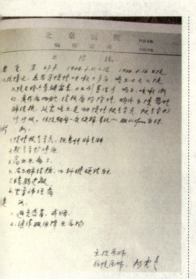

▲上 舒乙提供的老舍去世前病历资料，老舍支气管扩张大量咯血，1966年7月31日住进北京医院，8月16日出院。

▼下 2006年7月，维护人员在清理新太平湖面上的树叶。2006年，北京政府又重建"新太平湖"，"新太平湖"并非在原址上复建，而是将北护城河西直门暗沟至新街口大街段拓宽改造而成。（本报记者 浦峰 摄）

秋》华教练带队回家乡，《柳堡的故事》的二妹在这里上船，《无名岛》海战，螺旋桨在湖面上空演示出海浪翻滚的场景。电影学院的学生也会来这里练声。当时太平湖属于附近的东升公社，他们夏天来挖藕，八月十五左右公社还来捕鱼，冬天太平湖可以储冰。

1966年的太平湖

1966年初夏，满恒先发现"太平湖里突然出现许多大红、墨黑的金鱼"，后来知道当时人们为了隔离开和"四旧"沾边的任何生活喜好，就在太平湖放生养的金鱼。再后来，"经常还能从湖里捞起字画、瓷器，甚至三枪牌自行车，再后来就会漂上来一些死人，我们小孩连林子也不敢进了，怕里面有吊死鬼"。8月的一天，满恒先听弟弟说，"又有人投湖了，是个写书的人，穿得干干净净，死得很体面"。后来，满恒先才知道那个人就是写过《龙须沟》、《茶馆》的老舍。

老舍在1966年8月24日前后的具体活动，至今依然是个谜。有事实证据的是一张诊断报告。"支气管扩张大量咯血，5天后7月31日入院，8月16日出院。"老舍在生命的最后一段时间身体一直欠佳。舒乙回忆，"8月中旬，老舍先生和我还有妹妹说过一些话，第一个意思是说'谁给了他们权力？'又说，'又要死人了，而且是清白而刚烈的人'。还说，'欧洲历史上有无数次"文化大革命"，都是以文物的大破坏告终的。'"舒乙称当时并没明白老舍先生说这话的含义，事后才恍然大悟。

"老舍先生当时似乎预感生命将要到尽头，他当时说了三个人的名字，都是他的朋友，1966年之前，在回家的路上就跳进了什刹海。"事隔多年，当年老舍的好友马松亭夫妇，向舒乙透露了一个细节，"1966年8月中旬，我在什刹海旁边乘凉时，看到老舍远远走来，双方都默默无语，老舍在小马扎上坐了一小会，就起身走了。并说，'马大哥，咱俩再也看不见了'。""老舍先生在当时是一个难得的清醒的人，他的死是一种反抗。"舒乙说。

老舍之死的不同叙事文本

1966年8月24日前一天的"八·二三"事件联系着老舍之死。学者傅光明研究"老舍之死"数年，写了四本书，多年前采访了数位事件亲历者，发现"同一件事每个人的叙述都不尽相同，甚至出入很大，每个人都有自己的角度"。到底什么是置老舍于绝境的一步，没有答案。亲历者有称，老舍当时和红卫兵发生了争执，还有人认为老舍是因为家庭关系冷漠而陷入绝望等。舒乙说："我和我的家庭已经麻木了，我们不用去申辩什么，选择沉默。"

另外，张林琪和白瑜以"八·二三"事件亲历者的视角写过文章："人群中一个四十多岁的妇女，尖着嗓子叫'我揭发，老舍在解放前把《骆驼祥子》的版权卖给了美国……'"萧军后来曾写小文称，8月23日在国子监同被批斗，老舍和自己有目光的交流，老舍眼中发出奇异的光，那光让他不寒而栗。傅光明还采访了在国子监参与揪斗老舍的当年女八中的近百位红卫兵，"只有一个人隐瞒姓名接受了采访，不断地哭，她当时还只是一个孩子，希望转告自己对老舍家人的歉意"。傅光明对此都表示理解，甚至关于8月25日太平湖打捞老舍尸体，也出现了三个不同的版本，有三个人说是自己打捞老舍的尸体。傅光明说："历史在发生时就碎裂了，事后不过是拼凑那些碎片。并不是求得事情的真相，而只是在做一个历史文本叙事。"

老舍为何选择太平湖

至于老舍为什么选择太平湖作为人生终点，舒乙说这也是个谜，因为当时家里在灯市口附近，距离太平湖很远。后来他考察认为，太平湖位于北京旧城墙外的西北角，和西直门大街西北角的观音庵胡同很近，而观音庵胡同曾是老舍母亲晚年的住地。而且老舍先生青年时期曾任北郊劝学员，对这一片区域非常熟悉。8月25日清晨，舒乙去太平湖认领父亲的尸体。他认为"老舍先生应该是24日在太平湖边徘徊了一整天，作为一个作家，他最后应该留下了文字性的东西，但是我没有看到"。

> **纪事·1966**
>
> **4月30日** 大型革命现代芭蕾舞剧《白毛女》在北京公演。
>
> **5月6日** 由永定门火车站至北京体育馆的有轨电车线路停驶。至此，有42年运龄的有轨电车停运。
>
> **5月29日** 清华附中的几十名学生成立"红卫兵"组织，这是全国出现的第一个"红卫兵"组织。
>
> **7月** 从全国各地到北京参加串联的学生越来越多，中央在北京设外地革命师生接待站。
>
> **8月23日** "红卫兵"以扫"四旧"名义，在北京国子监（孔庙）大院内焚烧戏装、道具，揪斗干部。
>
> **8月24日** 人民艺术家、北京市文联主席老舍被迫害逝世，终年68岁。
>
> **8月27日～9月5日** 亚洲地区国际乒乓球邀请赛举行。
>
> **8月** 北京市的区、县图书馆（室）全部被迫关闭，全体干部下放劳动。部分图书馆被占。
>
> **12月28日** 从全国各地徒步来北京串联的10万多红卫兵和学校师生，在北京工人体育场举行"全国赴京长征队经验交流大会"。

老舍先生的最后一天，常见的文本叙事细节是：老舍拉着3岁小孙女的手，说："和爷爷说再——见——！"这一幕与老舍作品《茶馆》的结尾几乎一模一样。冰心后来跟舒乙说："你发现没有，你父亲作品里的好人大多姓李，姓李的人大多自杀，自杀的方式大多选择投水。"最经常被提及的《四世同堂》中的祁天佑最后也难逃被羞辱而死。老舍写道："河水流得很快，好像已等他等得不耐烦，水发出一点点的声音仿佛向他低声地呼唤呢。很快的，他想起了一辈子的事情；很快的，他忘了一切。漂、漂、漂，他将漂到大海里去，自由、清凉、干净、快乐，而且洗净了他胸前的红字。"

满恒先如今还住在新街口豁口，但旧时的太平湖已不存在。1968年，据说为了修建林彪的战备工程，太平湖成了渣土填埋场。一车车土石滚进湖里，水泥构件指向天空。如今太平湖的原址，南侧是地铁车辆段，北侧是刚刚修复的转河，远处可以看到地铁车辆从黑暗的地下驶出地面。

60年60人·1966

在天安门前留影次年收到

李廷贞，58岁，回龙观龙腾园居民

1966年，我还是河南陈州（现淮阳）一名初二学生。当时由高年级学生带头，我们三十几个人从郑州坐火车来北京大串联，车上人太多，我只好躺在行李架上。火车在琉璃河停了一段时间，一些同学下车买吃的没赶上火车，后来坐错车去了广东，他们身上还穿着棉衣，广东热，他们没钱买衣服，只好白天睡觉晚上出来，被广东人当成疯子。

我在北京呆了35天，当时下车就有接待，接待站在和平里的某个中学，管吃管住，部队派了两个人负责管理我们，比我在农村条件好多了。我们是那年12月第八批被毛主席接见的红卫兵。12月5日，我忘不了，早上我们被卡车拉到一个地方，人非常多，第一排是解放军手挽手做保卫，我就紧挨着站在解放军后面，和前几次毛主席在天安门城楼接见红卫兵不一样，这一次毛主席是坐在敞篷车上向我们挥手，我们每个人都拿着红宝书，高声喊着，毛主席万岁，毛主席万岁！我离毛主席只有三五米，非常激动。我记得当天中午还发了两个鸡蛋、一个面包。

被毛主席接见完之后的12月6号，我就回了河南。来年开学时收到了在北京天安门广场拍的照片。

▲李廷贞1966年12月摄于天安门，当时他花了两块钱拍照，并在信封上填好地址，次年收到相片。

见证人·1966

"我对'文革'的严重性估计不足,觉得两三个月就会过去,当时我听过北京市委书记李雪峰的一个报告,说'文革'在国庆前就会结束。

当时,北京市文化局还是比较好的,就是文革筹委会也没有建立革委会。要揪出个别典型,更要保护大多数人。"

我所经历的国子监现场

院里陆续站满被揪出来的人

▲葛献挺,72岁,1946年参加革命,1963年北大历史系毕业后进入北京市文化局工作,1966年"文革"爆发后任北京市文化局文化革命筹委会副主任。图为葛献挺在家里接受采访。

1966年5月20日,工作组进驻北京市文化局,就在现在西单电报大楼后面,我们敲锣打鼓欢迎,文联的人也在场。当时北京市文化局和文联是两块牌子,但在一起办公。文化局书记宋海波塞给我一个条子,让我照着喊,上面写着:欢迎毛主席派来的亲人工作组。工作组是我们的亲人啊,我先带头喊,大家都跟着喊起来。

之后人事保卫处的三个人找我谈话,说想在文化局成立一个"左派"组织。我当时没敢参加,因为这个"左派"组织不是以党的名义成立的,而我是党员。我把我的想法和态度对当时文化局书记宋海波汇报了。宋说,现在工作组代替了党委领导,如果是工作组让我参与,可以去。

因为我受教育程度较高,"左派"宣言是我起草的,我也是"左派"组织的发言人。这个"左派"组织主要针对文化局各处室,另外在文化局还有一拨"左派",主要是复员兵组成的后勤人员。后来,这两拨"左派"合并成北京市文化局文化革命筹委会,6月20日成立,我高票当选为第一副主任。主任是资历更深的张彬,他在部队是少校。当时干部已被分为四类:好的、比较好的、介于比较好和坏的之间、坏的。要揪出典型来批斗。

7月,开会批判北京市文化局局长赵鼎新、副局长张梦庚、四大名旦之一荀慧生。现在想起来我也觉得愧疚,揪出了无辜的人,但是又没有办法。

批判张梦庚时,有人说太温文尔雅了。突然有人问,"老牌反党分子萧军来了没有?"萧军当时在北京艺术研究所工作,正好在场,他站起来说来了,又坐下去。现场有人说,萧军怎么还坐下去。我走到萧军跟前和他说,你就站起来,有什么丢人的?萧军性格刚烈,说,我不是共产党的干部,我一直是共产党的客人。此后,经常有人找他挑衅。

8月23日前,我也被批判了,说我是修正主义的苗子。我要求辞去文革筹委会副主任的职务,就在传达室呆着。8月23日,萧军来上班,刚好文化局要卸一车煤,有个老工人跟萧军打招呼说帮把手,萧军同意了。后来总务组又有人找萧军卸煤,萧军就不同意了。周围的人看萧军不服革命群众管教,就把萧军按倒在地。我对萧军说,我跟你一块搬煤吧!搬了两趟,我就走了,上厕所时听到有人说,又揪出了骆宾基、端木蕻良。文联开始揪人了。

等我回到院里时,院里陆续站满了被揪出来的人,老舍正从外面进来,文联的司机莫全对女八中的红卫兵说了一句,"看,那不是这院里最大的反动权威老舍吗"?我觉得当时莫全只是说了句俏皮话。结果,老舍也被摁倒在地。我赶紧给市委宣传部打电话:这里可能要出人命案了!给的回复是:要正确对待人民革命运动,群众运动的方向永远正确。不许挑动干部斗群众,也不许挑动群众斗群众。我一听,这是上不着天下不着地的话。文化局只有一辆卡车,三十几个"反动权威",分两批押送到国子监。我带了几个人,第二批随车去了国子监。

在国子监看到老舍

批判了吴晗的《海瑞罢官》后,传统戏就不再演了。戏服、道具开始说要烧掉,后来请示市委宣传部,结论是要求北京各大剧团将传统戏服道具封存起来。当时国子监是文化局仓库,就将戏服等装箱运到这里。有的剧团认为既然不再演传统戏剧了,就在装箱运往国子监的路上将戏服摊开展示。文艺界有人告诉红卫兵学生,说国子监藏着"乌纱帽",学生们被煽动起来到了国子监,要求焚烧这些封建主义的戏服道具,就像林则徐焚毁鸦片一样。

8月23日,红卫兵给文化局下了通牒,要求把当权派扭送到国子监焚烧现场。我到国子监时,是下午四五点钟,国子监进门的四方院子正在焚烧戏服、盔甲等,火堆旁跪着"反动权威",老舍躺在地上已奄奄一息,头破了,我不知道我来之前发生了什么事。我对红卫兵说,老舍罪行严重,不能把他打死。和我一起去的人,用水袖给他包扎了一下,赶紧押回去。我不能公开保护他,那样我也生存不了。后来老舍投湖我觉得不解,他在历次运动中都是左派,8月23日前,他都没有一张大字报。

几十箱戏服道具象征性烧了一些。当晚,一些人被押回文化局。萧军的子女向国务院、北京市委反映,当晚周恩来秘书周荣鑫给文化局打电话,是我接的。他问,萧军被揪出来了,你知道吗?以后有此种情况要及时反映。之后派了西城区红卫兵驻中南海西门联络处的人,即四十七中学生马屯等人来文化局,我带他们去看萧军时,他躺在锅炉房水泥地上,好像睡着了。

1967

东方红炼油厂

The establishment of the 1st refinery in Beijing

关键词：东方红炼油厂
上山下乡

北京石化工业是在计划经济体制下诞生和发展的。北京石化工业最早的决策是建立一座年加工能力100万吨的炼油厂，后调整为250万吨——1967年3月，东方红炼油厂筹建处在坟山村山沟中搭建了一栋木板房开始办公。在"先生产、后生活"的思想指导下，建设者们发扬"革命加拼命"的精神，终于在1969年9月30日实现了向国庆20周年献礼的心愿——一辆满载着油品的彩车开进北京城。从此，北京不大量生产石油产品的历史得以终结。

北京第一桶油

1967年5月，北京西南约50公里，房山以北的猫儿山和凤凰山下，周口店公社坟山大队，栗子、核桃等刚刚开始挂果，开山打石仍然是这条山沟中令人耸动但又最为日常的声响，村里仅有的几辆木质大车偶尔会碾过大石河河滩上滚圆的鹅卵石，丘陵台地上稀疏地点缀着一块一块稀疏的玉米或者谷地。

正是在这个初夏，一批30人的小分队就悄悄开进了村东的一条山沟之中，在荒凉的河滩上搭起了第一座竹板房。再后来，村民们才最终证实了很长时间以来的传闻和猜想——大约在1965、1966年间，他们已经多次见到直升机在村子上空徘徊盘旋，隐约的传言是，这是正在勘查地形，未来这里将建成一个规模庞大的工厂。

筹措 改变北京只耗油不产油的历史

●关键词：大庆、化纤、燃料性炼油厂

那时，索俐还是这条山沟中的一名中学生，不久，在当地小学任教，直到多年以后，成为燕山石化公司所属的《燕山油化报》的一名编辑，他才完全了解到这个工厂最早的起源。

虽然1958年在"大跃进"的形势下，石油工业部曾在海淀区清河镇建成了北京第一座煤炼油示范厂，但是在20世纪60年代以前，北京基本上仍然是一个"只耗油，不产油"的地区。

20世纪60年代初，在经济和民生陷入困难的情况下，北京市首次提出了建设石油工业基地的设想。1964年初，北京市委书记彭真、市委第二书记刘仁等赶赴大庆参观，回京后即作出了筹建石油化工厂的决定，并在石油部的协助下，编制了建立北京化工试验基地的报告，正式上报国务院。

1965年，河北任丘大型油田（即后来的华北油田）的发现和大兴探出的几口低产油井将在北京筹建炼油厂的工作正式提上了日程，炼油厂初步设计规模为年产100万吨。炼油厂的功能也发生了转变。索俐回忆说："1964年，在中苏关系恶化的情况下，毛主席已经发出了'备战、备荒、为人民'的指示。因此，原定供应化纤工

▶后页 筚路蓝缕，以启山林——1967年确定在周口店附近栗园地区建设炼油厂之后，建设人员陆续进入这一地区。（资料图片 燕山石化公司提供）

东方红炼油厂

大型城记 大城记事

业（以满足市民的穿用需求）也相应改为首先满足战略用油，建设一座燃料性炼油厂，主要供应首都北京和华北地区。"

选址 "靠山、隐蔽、分散"三原则

● 关键词：定址、命名

"1965年就开始了勘探选址工作。"索例说。依照"备战、备荒、为人民"的最高指示，确定了"靠山、隐蔽、分散"的选址方针，同时考虑到要尽量少占农田，贯彻"多快好省"的总路线。

最初，从投资省、建设快、便于外宾参观等方面考虑，曾将厂址选在大兴县凤河营地区，并根据北京市地质局提供的地质资料，将炼油厂的成品油罐区选择在花岗岩成形较好的房山县周口店公社坟山大队栗园地区。1966年春天就进行了地质勘探和打桩试验，但最终因设计要求太高，未能实行。不久，"文化大革命"开始，重新审定原来的选址方案后，认为在地处平原的大兴县凤河营地区建厂，违背了"靠山、隐蔽、分散"的原则，决定重新选择厂址。

大石河流域周口店附近的栗园地区西靠猫儿山，北倚凤凰山，山脚下便是一条长不到1.5公里、宽仅0.5公里的山沟，山下一片丘陵向东南方向绵延而去，完全符合既定的选址方针，同时也便于未来的扩建和发展，因此，1967年，报经国家计委同意，决定在此建厂。"在当时的时代氛围下，放弃了'北京炼油厂'、'首都炼油厂'等备选厂名，最终定名为'东方红炼油厂'。"

营建 兰州来客"老厂带新厂"

● 关键词：货场、铁路专用线

1967年3月14日，石油部领导下的东方红炼油厂筹建处成立。根据"老厂带新厂"的原则，筹建工作委托兰州炼油厂全面负责。当年5月，就从石油部机关、兰州炼油厂、石油部北京设计院等单位抽调了30人组成小分队，在兰州炼油厂副厂长葛立兴的带领下正式进入了工地现场。

最早几个月的工作主要是征地、架桥、修路和盖单身宿舍楼。最早一批进入工地的潘大衡记得，当时的工地上还是一片"闭塞、荒凉"的山村景色。"六七月最为炎热的天气，我们白天测量、试

▲左 "东炼"是燕山石化最早建成的一个工厂,在农耕地带赫然出现的厂区显得突兀而奇崛,拥有大工业美学的全部特质。

▲右 昔日"闭塞、荒凉"的山区如今变成了配套设施完善的现代化厂区。

验,晚上还要点起油灯整理数据,连凉快一会儿的机会都没有。山区草深,蚊子又多,为了防止叮咬,大家只能用草绳把袖口裤腿扎紧。洗脸洗衣服就用河沟里的水,做饭则要到当地老乡家的水井里挑水,然后围着那个竹板搭成的简易厨房或蹲或站着吃饭。"

第一个正式的工程是建立周口店货场。人手不够,筹建处就从当地召集了一大批民工,"后来正式的建筑工人队伍才参加进来"。"那时,建筑工人实行双周大休,其他人员和民工都没有休息日,每天工作十六七个小时,到11月便建成了货场。"不久,火车沿着刚刚修建的专用线运来了第一批物资,只待全面开工。

后续 二十年国庆的"油样瓶贺礼"

●关键词:革命加拼命、燕山长城、"毛泽东号"

1968年,东方红炼油厂系统基础工程和部分安装工作启动。筹建处提出了在1969年10月1日以前建成投产,以此向建国20周年献礼。1968年2月,筹建处开始从全国各地征调大批人员全面"会战"。

"这年夏天,参加施工人数最多的时候达到了32000多人。厂区的入口处挂起了毛主席为大庆油田会战题写的批示'看来发展石油工业,还得革命加拼命'。"索俐说,"后来,我所在的学校还利用暑假,发动教职工,到工地参加了建设围墙的义务劳动。"他们每天早晨扛着一袋100斤的水泥登上半山腰,就地取沙采石,每三天完成一段约6米长的围墙,"围墙每隔6米砌起一个城垛,就像长城一样。后来在厂子里面,这条近20里的围墙也确实被称作燕山的'长城'"。

连续经过十几个月的会战,1969年8月8日,随着一声嘹亮的汽笛声,著名的"毛泽东号"机车缓缓驶进新建成的房山石楼原油运转站台，来自大庆油田的第一车原油运抵即将投产的东方红炼油厂。

一个月后的9月9日凌晨，第一批成品油顺利产出，安全进罐，"这正式结束了北京'只耗油，不产油'的历史"。几天以后，炼油厂的工人们用彩绸把油样瓶装扮一新，送到了北京——此时，国庆20周年庆典即将揭幕。

"东方红炼油厂也是整个燕山石化最早建成的一个工厂。其实在'东炼'筹建之初，就提出了综合利用炼油厂的副产品的规划。在'东炼'开工不久的1969年3月，在相邻的地方，就已经开始动工兴建向阳化工厂。随后是'胜利'、'前进'、'曙光'等等"，一个以"东炼"为依托的大型石油化工联合企业迅速在北京西南角那片36平方公里的山前丘陵地带铺展开来。

60年60人·1967

道路、公园的重新命名

徐东升，男，59岁，收藏爱好者，现居怀柔

▲《地图战报》（局部）是"文革"中"工代会地图出版社革命委员会地图战报编辑组"以地图形式出版的一份小报。

这是我偶然得到的一份《地图战报》第三期。大8开彩色双面印刷，印制时间为1967年7月。"地图战报"四字红色，毛泽东手书，应是编者集毛体而成。背面是当时北京公共交通图4幅。

《地图战报》的特点是每期有一个专题，地图、照片和文字都围绕这一专题展开。这一期小报的题目是《世界革命的中心——北京》，"文革"气味极浓。正面左上为毛主席在天安门城楼上接见红卫兵时的照片。

右上方的文章突出了"战报"这一主题，文字也相当激昂，如"北京……是史无前例的无产阶级文化大革命的发源地……是威震世界的红卫兵运动的发源地"等。

左下是北京市行政区图。正面主体是北京城区地图，标题为"在文化大革命中破旧名立新名战果表之一"，而后列出60个旧名改为新名的街道、公园、商场和剧院等。如张自忠路、地安门东大街被改为工农兵东大街，德胜门外大街被改为人民公社路，景山东街被改为代代红路，南池子大街被改为葵花向阳路等。

在图上文字部分没有列出但在地图上标记被改名的地名还有：颐和园被改为首都人民公园，景山公园被改为红卫兵公园，日坛公园被改称向阳公园等。

在"报头"下列出"报社"的地址在"白纸坊西街3号"，电话是"336795"。看来开始制版的时候没有标出零售价，后来在印刷蓝纸上仓促地用七扭八歪的字补上了"每张三分"的字样。

见证人·1967

余均，男，60岁，学苑音像出版社社长。1967年，学校内外一片混乱。这年11月16日，刚刚读高三的余均和300多名北京中学生自发串联起来，从天安门广场出发，奔赴内蒙古锡林郭勒大草原插队落户。一年以后的1968年12月，毛泽东作出"知识青年到农村去，接受贫下中农的再教育，很有必要"的指示，大规模、有组织的上山下乡运动正式开始……

首都知青到内蒙古接受"再教育"

"文革"开始后，学校里很快组织起各种各样的"红卫兵"组织，批斗老师，各派之间明争暗斗。这样过了一年，不少同学对于这种日子已经有些厌倦了。

去内蒙古和革命道路浪漫"约会"

我记不清是哪所学校的哪位同学先提出的主意了，反正意思是我们要反思自己的革命道路，重走老一辈革命家从农村开始革命的路线。选择内蒙古草原是因为常唱的那首"蓝蓝的天上白云飘，白云下面马儿跑……"觉得那一定是一个非常美丽浪漫的地方。

人员组织其实还是借了之前红卫兵大串联的光，各个学校的红卫兵组织之间早就有不少接触，所以同样采用"串联"的方式，很快就组织起了300多人，从初一到高三，各个学校各个年级的都有。

母亲听到这个消息，哭着劝了我很多次。但我的信念很坚决，天不怕，地不怕，母亲越劝，自己越觉得充满了一股子豪情和正气。

北京市革委会对我们的行为却很支持，不但主动帮助与内蒙古方面接洽，还给我们安排了原本专门用来接待外宾的轿车。车子里宽敞整洁，还挂着厚厚的窗帘，非常漂亮豪华。

1967年11月16日，告别母亲们劝阻的泪水后，我们集中到了天安门广场。据说，原本安排了周总理的接见，只是因为临时有外宾到访而取消。我们举行了一个简单的宣誓仪式，在当地知青安置办公室派来迎接的几个人的带领下直奔锡林郭勒大草原而去。

25人和4万多头牲畜

大轿车从北京一直把我们送到蒙古包，路上整整走了10天10夜。我们一行25人被分配的地方是锡林郭勒盟东乌珠穆旗沙麦公社汗乌拉大队，公社已经给我们建好了简易的蒙古包。安置下来后，就按所居住的蒙古包三四人一组就近分派到各家牧民之中，共同组成一个个"浩特"。

按当地牧民的指点，我们睡觉之前先烧上牛粪，然后搭上两层毡子。但还没等睡着，就已经迅速冷却下来，第二天早晨，呼出的哈气已经在被头上结了坚硬的冰渣。

我们主要的任务是协助牧民放牧大队的4万多头牲畜，以羊为主，狼是我们经常要防备对付的天敌。我所看管的羊群共有2000多只，曾经一次就被咬死了200多。狼吃掉的其实并不多，整个山坡都躺满了羊的尸体，非常凄惨。我们也猎狼，我放过一头精疲力尽的狼，牧民们责备我，我只能借口自己的马崴了脚，糊里糊涂地搪塞了过去。

草原让人充满敬畏，有一次我看见一位老牧民劝阻三个年轻人，让他们不要捕捉红色的狐狸。后来的三年里，那三个人相继死了。

10年后带着摔伤返城

牧区极度缺水，我们连年都没洗过澡，洗脸水都是节省着用。其间每次回北京探亲，母亲都会先让我把衣服脱下来，拿到外面去冻，然后再用开水煮上一遍，才能把上面的虱子清除干净。

村里"挖肃"的时候，抓了不少牧民。他们原本大都是老实巴交的人，我觉得"挖肃"肯定有些扩大化了，结果公社还专门开大会批判了我，说我有"右倾"倾向。其实，当时牧区的生活条件非常艰苦，"人跟自然的斗争"更加尖锐，受阶级斗争影响相对还是小得多。我们与牧民也建立了非常深厚的感情。

去牧区几年之后，因为征兵、招工等原因，一起去的知青就已经开始陆续返城。因为有文艺基础，我也曾经有两个机会，可以去部队和广播电台工作，但我觉得自己已经离不开那些牧民和羊群，就都放弃了。直到1977年，因为在草原留下的冻伤和骑马摔伤，才不得不离开草原，回到了北京，但那儿早已成了我永远的眷恋，觉得自己将一直是一只草原上的马鞍……

北京1949~2009大型城记 大城记事

大城记

1968

首都体育馆
The Capital Indoor Stadium

关键词：首都体育馆
《全国山河一片红》

1968年10月，首都体育馆正式交付使用。这一工程从设计、施工到材料、设备都是依靠我国自己的力量建造的，全部工程造价一千五百多万元。这是当时全国最大的多功能综合体育馆，也是国内第一座室内滑冰馆。它的出现平衡了京城体育场馆的地理分布，也见证了"文革"期间工程建设和体育活动的时代特色。

沸腾的年代
人造的冰场

1962年，国际奥委会宣布不承认在印尼首都雅加达举行的第四届亚运会，并在次年宣布不定期禁止印尼参加奥运会。时任印尼总统苏加诺提议举行新兴力量运动会，希望能够创建一个国际奥委会之外的独立体育运动。为了安抚因参加新运会而被取消参加奥运会资格的国家，中国出面举行一些单项新兴力量运动会，并在1964年决定接替阿拉伯联合共和国举办第二届新兴力量运动会——北京为此紧急开工修建一批体育设施。

▼ 北京奥运前夕，首体又一次装修。（新华社 罗晓光摄）

规划选址原是动物园养鸽子的洼地

破土

此时的北京城内，南城有位于龙潭湖畔的国家体委所在地和北京体育馆，东郊有为了第26届世乒赛兴建的工人体育馆。在西北部建设一个体育馆，不仅为了迫在眉睫的新兴力量运动会，还可平衡全市的整体体育场所分布。

"最初的选址是在现在的西单路口，报到周总理那里，总理说西单是交通枢纽，在这建体育场，会增加交通负担，而计划选址地有很多平房，需要拆迁很多户，对正处在困难时期的国家不适合。第二个选址是在现在的民族文化宫对面，又被总理否决了，因为这里依然是民房集中区。"首都体育馆（以下简称"首体"）的最后一任馆长李朝志，1953年就参与了北京体育馆的建设，以及西山射击场的筹建，1966年时，他以国家体委干部的身份，作为甲方代表，被派往北京动物园的西侧，在周恩来总理敲定的这块原来动物园养鸽子的三角地，筹建首都体育馆。

▲现在的首体内部，只有天花板还依稀有1968年的影子。

同时，北京市建筑设计研究院的一批设计人员到现场设计，张百发率队的北京三建也开往工地，直到1968年3月首体全部竣工。

"馆址选在了城市西北角，布点合理，虽然是为城区边缘，但交通方便，利于组织人流。那里原来就是洼地、水塘，选作建筑用地，不用拆民房，也不占用农田。"原北京市建筑设计研究院院长、总建筑师熊明如是说。他参与设计了工体和首体，"工体开功绩之先，首体建筑设计创技术之最……"

首体创技术之最

设计

"那时全社会正在批判新编历史剧《海瑞罢官》，接着批'二月提纲'，我们这时一直在现场做设计，一直住在现场，包括设计室主任周治良以及负责结构的余家锡、汪熊祥，负责设备的杨伟成、吕光大等，我们除了被要求回建院参加批斗会，其余时间都住在工地上，外面抓革命，我们促生产，心底也都想避开那些批斗会、整人——"

熊明说，当时的设计就考虑到体育馆不仅满足体育赛事需要，还有政治活动、大型集会、文娱表演等多功能使用。后来李朝志总

结首体41年来的发展时说,在建成的头十年里,首体的确担当着第二个人民大会堂的功能。

首体的室内设施凝聚了设计者的匠心,首体是国内第一个拥有钢网架结构的建筑,整个屋盖支撑在四周64个柱顶支座上,用钢量却只有每平方米65公斤,在世界上也是少有的。

除此之外,装配式活动看台、活动木地板、冰场制冷系统、空调通风系统等都是国内自行设计施工的。熊明还记得当初设计工体的大风道时,本来要在四个风道口上写上和平、友谊、团结、进步的字样的,可最后被否定了,说这是赫鲁晓夫的修正主义,所以改成了毛泽东、刘少奇、周恩来、朱德的题词。

首体二层的观众入口上方题有毛主席的诗词,一首是《沁园春·雪》,一首是"小小寰球,有几个苍蝇碰壁"的《满江红》,"除了拥戴领袖毛主席外,千里冰封和冰球场有点意境相通,苍蝇碰壁则是在反对苏修。"熊明解释当年馆内为数不多的装饰。

建设 晚上武斗用的笤帚白天又被还回来了

"老工人的觉悟就是高。在当时那么乱的情况下,他们坚持完成的首体建设工程质量非常好,直到奥运会改造时,一点裂缝都没有。"76岁的李朝志回忆起当年首体工地的建设情景说,"首体完全是自力更生的产物,也是'文革'的产物。"

各单位响应当时"抓革命,促生产"的号召,又都分成两派斗革命。李朝志记得当时体委工作都瘫痪了,他都没法履行职责汇报工作。工地没事的时候,他和其他体委的干部就到北大去听批斗王

▼左 原北京市建筑设计研究院院长熊明是首体的设计者。

▼右 首体的最后一任馆长李朝志。

光美,去中南海看大字报。

承建的施工单位北京三建的工人有上千人,分成两派,一派保他们的经理张百发,一派斗张百发,每天白天生产结束后,一派在首体南门搭台子,一派在北门搭台子,就是所谓的天派、地派,文斗、武斗齐上阵,并要求甲方国家体委的干部表态。

"晚上武斗时工地上的笤帚都被扛走了,可武斗完了后,这些工人会将笤帚一件不少地送回来,他们斗是斗,可纪律依然严明,建设起码是继续进行。"这就是所谓的工作上要相互合作,吃饭时彼此避免接触,工作结束后,彼此进行恶毒的攻击,造成单位派系斗争的尴尬形势。现在首体旁边的警卫部队楼,就是当年首体建成后,两派斗争得很厉害,给中央文革委员会写信后,由军队来保卫首都体育馆,实行军管的历史遗物。

1968~1978 第一次看冰球赛要不要穿棉袄

北京地方志学会常务副秘书长田颖男负责编撰体育志,他至今还能回忆起上世纪60年代自己在首体看的第一场比赛,那场比赛是与东欧国家的一场冰球赛,"首体是我们国家第一座室内冰球场,举办了很多场花样、速滑和冰球这三大项冰上赛事,在之前,冰球队夏天就在室外进行常规性训练,没有冰上活动,冬天拉到东北去训练。所以能去看冰球赛,还是夏天去看,大家都很稀罕,座无虚席,去之前还讨论要不要穿棉袄"。

这是建馆后的十年里为数不多的体育比赛。李朝志将首体的发展分成三个阶段,在第一阶段(1968~1978年)的十年里,基本上以政治活动为主,报告、传达"文革"精神。当时体委也没有派体育队去参加国际比赛,第一场体育比赛是什么已经在记忆中模糊,只剩下亚非、亚非拉乒乓球友好邀请赛和国内五项运动会的零星记忆。

开馆后的首体内部,大厅里悬挂着毛泽东主席像,北部回廊墙上有党和国家领导人接见运动员的照片,南边回廊最好的位置上新华书店在卖红宝书,主席台上的一排红旗中也挂着主席像。

"首体从设计到选址都是周总理拍板的,建设时他也来视察过好几次,甚至指定了停车场位置。亚非拉乒乓球时他场场都来,并将票价定为1毛、2毛和3毛,这个票价后来保持了很长一段时

纪事·1968

1月4日 北京市革委会发出《关于处理无产阶级文化大革命运动中红卫兵查抄的财物和房地产的规定(草案)》。规定查抄的财物除日常生活必需品退给本人外,一律上交;地、富、反、坏、右和其他不法分子不得喊冤叫屈、反攻倒算。

3月 首都体育馆建成。该馆能容纳1.8万名观众,是四季可制人造冰面的现代化体育馆。10月,交付使用。

9月7日 北京市"四代会"在北京工人体育场召开10万人大会,欢庆全国一片红(一片红指全国除台湾外,都已建立革命委员会)。

12月22日 《人民日报》刊登《我们也有两只手,不在城里吃闲饭》的报道。编者按语引用了毛泽东指示:"知识青年到农村去,接受贫下中农的再教育,很有必要。"

12月26日 北京市革委会召开动员全市知识青年上山下乡大会,号召知识青年到农村去,接受贫下中农的再教育。

间。"李朝志回忆说，当时一旦有比赛，也基本上由北京市、中央机关、军队和体委四个系统分票，单位拿着介绍信来首体交钱，不卖个人票。

"首体1968年10月正式投入使用，印象最深的是1969年1月25日，毛主席来这里接见了来自全国各地的四万名红卫兵，还有在首体传达九大精神。"李朝志记得毛主席接见红卫兵时场面的纪律严明，毛主席接见完两万人后，先进去的这两万人迅速离场，另两万人迅速入场，瞬间大挪移了两万人。

在建成后的第一个十年里，首体见证了一系列的重要历史事件——尼克松访华、斯里兰卡赠给中国一只大象。1974年1月25日，"四人帮"在首体召开了国务院系统近两万人参加的"批林批孔"动员大会，就在这次大会上，江青点了首体名字的题写人郭沫若的名。

《 60年60人·1968 》

作为政治任务看的样板戏

刘松崑　戏痴

我爱看戏，看了一辈子戏，这么多年来，在北京演出的每场京剧我都去看，不管好与不好，并将票根、戏单、剧照等等都收藏起来。这一张是1968年革命样板戏之一《海港》的戏单。应该是在人民或是吉祥剧场演出吧，上海京剧团的进京演出堪称"样板"。

1958年到1964年间，现代戏逐渐占了主流地位，老戏慢慢没了。"文革"开始后，1966年的《人民日报》发表过一篇《贯彻执行毛主席文艺路线的光辉样板》的文章，首次将京剧《红灯记》、《智取威虎山》、《沙家浜》、《海港》、《奇袭白虎团》，芭蕾舞剧《红色娘子军》、《白毛女》和《沙家浜》并称为"江青同志"亲自培育的八个"革命艺术样板"或"革命现代样板作品"。

当时大部分样板戏都是反映抗战时期的革命故事，只有《海港》是反映阶级斗争的戏，讲的是解放后码头上的阶级斗争，挺顺应时代潮流。

扮相不像，不如不唱。当时为了排演好这个样板戏，上海专门从宁夏将李丽芳调过去，后来全国都学李丽芳的"样板"。当时票价很便宜，才两三毛钱，因为没有其他戏曲可以看。再加上单位组织，看样板戏成了全民必须完成的政治任务。

从艺术上说，当年的样板戏放在今天，也叫好。即便不是原班人马演出，换一代人演也有人看。今天的很多剧目，观众走出剧场，脑子里没一句唱腔留下印象，演的什么也记不清。

▲样板戏《海港》戏单（局部）。

见证人·1968

1968年，邮票《全国山河一片红》问世后随即停止发行……邮票的设计者万维生先生是中国美术家协会会员、邮票印制局高级工艺美术师，他为读者介绍了这张邮票设计的全过程，并解释"大一片红"、"小一片红"以及被藏家和坊间误读的"一片红的故事"——

《全国山河一片红》不是我的代表作

设计室门外就是画面

1967年，"文革"进入高潮。当时口号之中的最强音是"全国山河一片红"，全国各省都将成立革命委员会当作头等大事。当人们都在计算还剩下哪几个省没有联合成立革命委员会时，我已经接到任务，要迅速设计一套关于全国大联合主题的邮票，预计在各省都宣布成立革命委员会时能及时发行。

当时邮电部已经是军代表指挥，主管发行和印刷的同志靠边，很乱，领导没有要求画什么，也不和我一起研究画的内容。将这个任务分配给我，大概是因为我之前和同事合作过一套关于党的九次代表大会邮票，虽然那套邮票也撤销发行了。但我明白，《一片红》邮票与设计"党代会"邮票任务一样重要。

因为需要画的内容就是我再熟悉不过的门外每天的锣鼓震天，画草图时，我在画板上画一阵，又跑到门外站着看会儿，再进屋作画。我一边是活生生的历史场面的见证者，一边进行创作。作画时间仓促，不允许享受慢慢艺术创作构思的乐趣，反而更像门外的锣鼓拼命敲打的节奏。门外大街上，门内单位里，虽然都是乱哄哄的，但我很珍惜那时少见的作画机会。

▲ "1968年，我从事邮票设计已经13年了。我设计的邮票没有哪一套能比得上《全国山河一片红》惹的话题多。很早就有媒体让我就此说话，我都沉默不表态。早先我介绍自己的作品时，并不会将《一片红》邮票列入在内。它是我的作品，但不是我的代表作，它是那个特殊年代的特殊产物，它的名字也是出自当时两报一刊的大社论口号。"

"一片红"的三个画稿

因为题目大，场面大，当时只能选60×40的大票型。第一稿我画了毛主席像，后面是各省报喜队的游行队伍，交给军代表后，不久有批复，说要修改，不要出现毛主席像。当时我不敢怀疑有两个司令部，只是想到以前有群众提过意见，说邮戳盖在毛主席肖像上是对伟大领袖的大不敬，所以那时候有毛主席肖像的邮票在邮寄过程中基本上是不盖邮戳的。

我开始构思第二稿，将原稿中的毛主席像改成全国地图，很快完成，交给了军代表。由于第一稿送审后没有很快作出批复，各个部门干等着着急，尤其是位于城南的印刷厂。当时主管人员认定这次画稿不会有大问题，就决定将第二稿先拿到北京邮票厂照相、制版，打出印样送审。让邮票印刷滚筒上机器，等接到回复即按钮开机印刷。

过了好几天，大家都等得焦急时，军代表将我叫去，传达周恩来总理对《一片红》邮票第二次画稿意见，意见很简练——"贪大求全"。但这个题材并没有被否定，与军代表商量后，票型改小，立即连夜动手，将60×40的横构图改成30×40的竖构图。记得当时只用两三天时间就交出了第三次画稿。

地图社编辑发现错误

时隔不久，有人告诉我《一片红》邮票有问题，被下令收回。当时我吓坏了，也不敢去打听，记得那天我感到天旋地转地回到家，一头扎到床上，什么话也说不出来，就等着被当作反革命抓起来。但军代表一直没有找我谈话。

后来我才听说，《一片红》邮票原定于1968年11月25日发行，但当时处于无政府状态，搞发行的人都进牛棚了，北京、河北、河南等地都违章提前发售。北京中国地图出版社编辑陈潮，在白纸坊印钞厂门前的邮亭买到几枚《一片红》，出于职业敏感，他发现地图有问题，便写信给当时的邮电部军管会。一听说地图有问题，军代表害怕了，这才停止发行并收回这套邮票。

地图上的问题，实际上并不是台湾地区是白区，没有被描红，因为台湾没有成立革命委员会，如果去查阅当年的纪录或照片，就可以发现当年的地图上的台湾都是"白区"。错误在于中缅边境线不准确，因为当时我们参考的地图版本不是最精确的。

错票成宠儿

据说当时下令收回几个月后，在美国拍卖时，《一片红》邮票就标价2500美元。后来又有香港人用彩电来跟拥有者换。不少人千里迢迢来到北京找我鉴定"一片红"真伪。它名声大噪，有了许多传说，我则静坐旁观当故事听。即便是我和另外两人合作的《伟大的无产阶级革命万岁》系列中的毛主席和林彪像，也被误传作是《一片红》邮票的第一画稿，第二稿的"大一片红"，不知为何后来也出现在世人面前。

"文革"结束后，我在搬家时无意中发现已经脆黄的《一片红》邮票第一次画稿，这幅画稿和后来被称为"大一片红"的第二稿和"小一片红"的第三稿不一样，却同样真实记录了当时的景象。在经历了"文革"时期的被当作臭老九下放"五七干校"、抄家之后，尚能留存许多当年邮票画稿，实在幸运。《一片红》的第一画稿和我留存的邮票画稿，最后我都捐给了故乡。

后记

北京——这是一个国家最清晰地表达自己的空间。无论是被裹挟还是引领潮流，这个城市都贡献了跨越时代的思想者，产生了民族文化的传灯人，孕育了城市文明的承担者——市民阶层与市民社会。毫无疑问，北京是中国式变革最直接、最集中的发生地，更是社会进步力量最充分发展的空间。

关于城市的历史**地理**，新老媒体上一直不缺少相应的报道。事到如今，报道者和阅读者都无意缠绕在"文化地理"、"民族志"甚至"大都市文化研究"这些夏来的概念里。至少，人们已经达成了共识：它不应该是报纸或电视上的豆腐块文字，而应该是一部"城市空间的地理性历史"。城市地理的报道应当超越"补白与钩沉"，我们追溯城市生活的古代源头，定格社会活力的当代面相，但"记录变迁"并不是要对着历史撒娇，"反映成就"也不是通过比对过去与现在来获得安宁。

这是2009年，一批批声势浩大、蔚为壮观的**首都六十年专题报道和书籍**（京城媒体不约而同的国庆献礼）正在制作中。对于城市历史的日趋重视，一方面是30年或者60年这样的代际划分引发的媒体选题，同时也是一个城市试图厘清自己身份的必然。《大城记》不敢妄自尊大，我们只是着手比较早（从4月份开始），收尾的时机恰到好处（9月末）。说"通过对北京事件的编年史铺陈，在时间的线性展现中构造一列绵延的历史景观"，只是我们一厢情愿的自我期许,到底是不是那么回事,还得您自行判断。

毋庸讳言,《大城记》的调调儿就是乡愁阐释(失散的老北京气质)和盛世抒情(一个首都的梦想和实现)。六十年,六十期,它杂糅了自然风貌、文物保护、旧城改造、工业地理、商业布局、空间生产、民俗演变和居住形态等具体选题。《大城记》并未对几个特殊的历史时段加以渲染,但在对运动和思潮的记录中,我们有意地安置了一些复调,给"另类"的声音一个发言机会。惨痛必将成为文化蓄能,我们坚信,公正的评价迟早会出现,我们不应该也不能够,对那个"遥远而真切的未来"关闭了想像。

相比于以前问世的《新京报》"北京地理"的报道和丛书,这三册《大城记》可谓"朴素"。这份朴素来自于清晰的逻辑和一以贯之的写作品格:"主文"可以名之为年度地理事件;"见证人"则是另一事件的讲述者;"60年·60人"其实是老物件借它的拥有者之口发言。"记事本"(书中更为"纪事")则是年度事件的整理。这些关于人口增长、工业兴衰、市政业绩和古物修缮的统计或者胪列看似毫无生气,但实际上却包含了无数人群迁徙和观念变更的故事,它可以作为年度事件的索引并引发在本书之外的深度阅读,请读者明察。

北京地理栏目组的同事们,在幸福大街的路边摊上经历着一次又一次的小圈子激动,又一起分担着选题无法操作的挫败感。六十期,这个"北京地理"最长的系列报道全方位地考验着记者和编辑的耐心。幸运的是,腻烦和焦虑这些负面的情绪并未导向失败主义,因为我们的操作从未失去张致——耿继秋点燃一支香烟,他的小眯缝眼儿运着两道精光,他在键盘上敲出一个字,然后看着烟雾渐渐散去,再敲一个字,起身、转腰子、落座,他删掉了那两个字,重新给文章开头……在垃圾填埋场被熏吐了之后,潘波在月黑风高的夜晚回到龙潭西湖,她在荷塘边流连,她想到了(大都市的生与)死,想到了人类的命运和宇宙的前途,以及数万字的采访记录如何打理……无论选题如何(除了不爱做的)、无论交往对象如何(除了不接受采访的),曹燕都能做到举重若轻。她视采访和写作为享受,是个乐观的行动主义者。她在一座医院的废墟上手舞足蹈如同癫狂,她对着电话喊道:我被蚊子叮得都站不住啦……在胡同、在乡村、在工厂、在大院门口,到处都留下了三位记者抓耳挠腮的身影,他们是"北京地理"生产一线上真正出色的劳作者。

致谢当然必不可少:感谢《当代中国的北京》编辑部的许钧先生提供《当代北京大事记》,它堪称"新中国首都时间白皮书",它为我们的选题设定了最初的参照系;感谢鲁汶先生,"北京地理"的采编们以传阅这位"超级读者"发来的挑错儿邮件为乐事,并深受鼓舞;感谢中国建筑工业出版社的副总编辑张惠珍女士，她的一双慧眼让这六十期报道摆脱了随写随看随丢的报纸宿命；感谢所有接受采访的人们——你们把大写的历史改成了小写。

看这套书好比倒一次时差，当您从这些"新"的故纸堆里抬起头时，也未必能看到什么历史的烟尘之类的东西，这不过是一次关于新中国首都60年的选择性游历。

它可能不够好，但是完成了，它就是好的——

60年也可以作如是观么？我们愿意邀请您，趁着这样一个时机，怀着一份不能忘怀的、"同情"的敦厚，本着一种**岁月和解**的胸怀，给上辈人一些礼敬，给同代人一些祝福，给孩儿们一些余地。

《新京报》北京地理编辑部

（执笔：郭佳）

《大城记》丛书编委会

编委会主任

戴自更

编　委

王跃春　孙献韬　田延辉　罗　旭
何龙盛　王　悦　吕　约　王爱军

《北京地理·大城记》制作团队

主　编／吕约
副主编／刘旻
统　筹／郭佳
编　辑／郭佳　巫慧
记　者／耿继秋　潘波　曹燕　马青春
摄　影／李飞　尹亚飞

图书在版编目（CIP）数据

大城记Ⅰ（1949～1968）/新京报社编.—北京：中国建筑工业出版社，2009
 ISBN 978-7-112-11252-4

Ⅰ.大… Ⅱ.新… Ⅲ.新闻报道—作品集—中国—当代 Ⅳ.I253

中国版本图书馆CIP数据核字（2009）第151450号

责任编辑：张幼平
特邀编辑：郭　佳
责任设计：赵明霞
责任校对：兰曼利　王雪竹

大城记Ⅰ
1949～1968
新京报社　编
　　　　＊
中国建筑工业出版社出版、发行（北京西郊百万庄）
各地新华书店、建筑书店经销
北京方舟正佳图文设计有限公司制版
北京云浩印刷有限责任公司印刷
　　　　＊
开本：787×1092毫米　1/20　印张：9⅗　字数：288千字
2009年9月第一版　2009年9月第一次印刷
定价：**35.00**元
ISBN 978-7-112-11252-4
　　　（18468）

版权所有　翻印必究
如有印装质量问题，可寄本社退换
（邮政编码 100037）